키친 테이블 독서

키친 테이블 독서

오늘, 그 충만한 삶을 위하여

조은혜 지음

프로방스

버팀목이 되어 준 책과 글쓰기

 첫 아이를 낳고 맞이한 내 인생의 대혼란기. 육아에 대해서는 아무것도 몰랐던 내가 아이를 낳고 기르는 과정은 혼란스러운 순간의 연속이었다. 일단 아이를 낳기만 하면 왠지 잘할 수 있을 것 같다는 생각도 했었지만, 막상 실전에 돌입해 보니 아이를 기르는 일은 결코 쉽지 않았다. 정신적으로도 육체적으로도 매우 고단한 나날들이었다. 누군가 그때의 나에게 "방긋방긋 웃는 예쁜 아이를 보면 그런 어려움은 상쇄되지 않나요?"라고 묻는다면 그것과는 별개라고 답하고 싶다. 나에게서 떨어져 나온 누군가를 위해 온종일 나를 내려놓는 하루의 풍경은 행복함, 안온함과는 거리가 상당히 멀었기 때문이다. 오롯이 내 도움만을 바라며 자고 울고 먹고 또

우는 작은 생명체를 건사하는 생활은 그야말로 나를 내려놓아야만 가능한 '날것'의 생활이었다. 설상가상으로 첫 아이는 알레르기 체질로 피부가 늘 울긋불긋하고 거칠었고, 제한해야 하는 음식들이 많았기 때문에 눈물로 보낸 시간이 참 많았다. 그때 내가 가장 많이 했던 생각은 "아이를 키우는 일이 그 어떤 일보다 힘들다. 이 현실에서 잠시나마 벗어나고 싶다"는 것이었다.

한창 육아를 하던 때 하루 중 조금이나마 쉴 수 있는 시간은 아이가 낮잠을 자는 시간이었다. 먹이고 치우고 재우고 달래는 전쟁 같은 시간이 지나고, 아이의 물건과 놀이 흔적으로 어질러진 집을 대충이라도 정돈하고 나면 얼마 안 되는 시간이 선물같이 찾아온다. 그 시간 동안 고요한 집 안에서 나를 위로해 준 것은 바로 책이었다. 육아를 하며 내가 만나는 사람들은 지극히 제한적이었고, 나와 아이를 가운데에 둔 작은 동심원을 중심으로 이루어진 관계 속에서 시간을 보낼 수밖에 없었다. 이런 시간이 길어질수록 내가 닿지 못하는 세계에 대한 갈망은 점점 커져갔다. 이런 나에게 책은 다른 세계와의 만날 수 있는 통로였고 출구였다. 나와는 다른 세계 속에 사는 사람들이 건네는 말과 위로는 나에게 큰 힘이 되어 주었다.

아이가 어느 정도 크고 복직을 한 후 둘째가 '쌍둥이'로 찾아왔다. 세상에, 내 인생에 쌍둥이라니. 정말 믿을 수 없는 일이 나에게 일어났다. 아이를 갓 낳았을 때에는 두 명의 아기가 올망졸망하게 같이 있는 모습만 봐도 세상을 다 얻은 것처럼 기쁘고 행복했다. 하지만 아이를 한꺼번에 둘이나 돌보는 데서 생기는 어려움은 상상 그 이상이었다. 첫째 아이를 길러 본 경험이 있기 때문에 육아에 관한 웬만한 일들에는 어느 정도 익숙하게 대처할 수 있을 거라 생각했다. 하지만 아이들은 부모가 어떤 현실에 있는지는 전혀 상관하지 않은 채 동시에 울고, 동시에 자고, 동시에 깨고, 동시에 먹어야만 했고, 나는 매 순간 정신을 차릴 수 없었다. 삐약거리는 쌍둥이에 다섯 살 첫째까지, 세 아이를 돌보며 하루를 보내다 보면 스스로를 위한 시간은 부족하다 못해 소멸될 지경이었다. 그러다 어느새 육아에 나 자신이 묻힐 것 같다고 느꼈다. 그때 나는 스스로를 방어하기 위한 방법을 찾아 나섰다. 그것이 나를 지키는 길이었고, 나를 살리는 길이라고 생각했다. 엄마인 내가 행복하고 바로 서야 아이들에게 긍정적인 에너지를 줄 수 있다고 믿었다.

그때 내가 찾은 답은 역시 '책'이었다. 아이들이 달콤한 낮잠에 빠지면, 나는 식탁 앞에 앉아 책을 집어 들었다. 쌓여 있는 집안일을 잠시 멈추고 나에게 가장 익숙하고 편안한 공간인 식탁 앞에 앉아 조용히 나와 만났다. 아이들이 모두 잠든 어두운 밤에도 책을 읽기 시작했다. 피곤하고 지친 몸을 이끌고, 온갖 유혹을 이겨내고 식탁 앞에 앉으면 소란스러웠던 세상이 멈추고 가라앉는 느낌이 들었다. 기분 좋은 침묵이었다. 그 침묵 속에서 천천히, 그리고 꾸준히, 성실하게 책을 읽었다.

한정된 세계에 머물러 있고 싶지 않았다. 세계지도를 펼쳐놓고 지금껏 가보지 못한 나라로 떠나는 상상을 하는 것처럼, 내가 경험해보지 못한 '미지의 세계'를 탐험하고자 했다. 그래서 여러 분야의 책을 읽었고, 다양한 사람들의 삶을 담은 글을 읽으려 노력했다. 그리고 책을 읽은 후의 감상을 하나, 둘 글로 옮기기 시작했다. 차곡차곡 쌓이는 글들을 가끔 꺼내어 보며 나의 세계를 넓혀 나갔다. 책 안에서 만나는 새로운 세계는, 그 속에 살고 있는 사람들을 만나고 그들과 이야기를 나누는 흥미진진한 시간이었다. 이 시간은 읽고 쓰며 나 자신을 보듬어주며 위로해 줄 수 있는 시간이었다. 배움의 시간, 즐거움의 시간, 치유의 시간이었다.

이 시간을 경험하며 얻은 것들, 책을 통해 얻게 된 새로운 세상과 깨달음을 나누어 보고 싶다. 언제 어디서, 어떻게, 무슨 책을 읽어야 할지 고민하는 분들께 담담하게 내 이야기를 전해보고 싶다. 내가 읽은 책들에 대한 이야기를 담아 보고 싶다. 이 글들을 통해 누군가의 시간이 조금 더 빛나기를, 행복해질 수 있기를 바라는 마음이다.

contents

프롤로그 *4*

제 1 부

키친 테이블 독서 준비하기

키친 테이블 마주하기 | 성실하게 식탁에 앉는 것만으로도 ——— *15*

키친 테이블 세팅하기 | 독서 환경 만들기 ————————— *21*

    이대로 괜찮은 걸까?   *17*

    언제 읽어야 할까?   *21*

    어디에서 읽어야 할까?   *27*

키친 테이블에 놓을 책 고르기 ————————————— *31*

    내 소중한 시간, 아무 책이나 읽을 수는 없지 - 좋은 책이란?   *31*

    좋은 책은 내가 찾는다 - 좋은 책을 고르는 방법   *36*

    좋은 책을 내 손에 넣기까지   *44*

제 2 부

키친 테이블에서 책 읽기

키친 테이블 독서 실전 —————————————— 55
　　메모하며 읽기의 중요성　　　　　　　　　　　　　 55
　　이런 책들은 이렇게　　　　　　　　　　　　　　　 60
　　소설의 매력에 풍덩 빠져보기　　　　　　　　　　　 61
　　에세이, 내 삶을 비추다　　　　　　　　　　　　　 70
　　가까이하기엔 너무나 먼, 벽돌책　　　　　　　　　 79

키친 테이블 독서 꿀팁 보따리 ——————————— 87
　　수확의 독서 - 책의 씨앗을 뿌리고 거두어들이는 기쁨　 87
　　연결의 독서 - 책과 책의 고리를 찾아서　　　　　　 92
　　함께의 독서 - 독서모임, 그리고 책 권하는 나　　　 97

키친 테이블 독서 간직하기 ——————————— 106
　　독서 결산, 기록의 의미　　　　　　　　　　　　 106
　　독서 기록, 어떻게 어디에 할까?　　　　　　　　 110
　　서평으로 기록 남겨 두기　　　　　　　　　　　 115

제 3 부

키친 테이블 독서, 그 한계를 넘어

독서 슬럼프, 책태기 극복하기 프로젝트 —————————— 123
    어느 날 나에게 찾아온 '책태기'   123
    책태기 이겨내기   126

키친 테이블 독서, 그리고 저절로 되는 책 육아 ———————— 123
    아이에게 거울이 되기로 했다   136
    모든 것은 감각으로 기억된다   140

키친 테이블 독서, 그리고 글쓰기   146

제 4 부

식 탁 위 책 한 권

행복해지고 싶은 마음 —————————————————— 155
버트런드 러셀, 〈행복의 정복〉

아직 나는 성장하는 중입니다 ———————————————— 164
헤르만 헤세, 〈수레바퀴 아래서〉, 〈데미안〉

단순하고 소박한 삶을 꿈꾸다 —————————— 176

헨리 데이비드 소로우, 〈월든〉

엄마, 여자, 그리고 '일' —————————————— 185

호프 자런, 〈랩걸〉

맑은 눈으로 바라보는 타인의 세계 ———————— 195

김현경, 〈사람, 장소, 환대〉, 이민진, 〈파친코〉

교육, 그 어려움에 대하여 ——————————————— 204

토드 로즈, 〈평균의 종말〉

글 쓰는 '나'를 위한, 식탁 쓰기 ————————— 216

무라카미 하루키, 〈직업으로서의 소설가〉, 은유, 〈쓰기의 말들〉

에필로그 229

소개된 책들, 그리고 인용된 책들 234

제 1 부

키친 테이블 독서
준비하기

키친 테이블 마주하기

성실하게 식탁에 앉는 것만으로도

육아휴직을 하고 아이를 키우는 시간은 '나'는 내려놓고 오롯이 아이의 엄마가 되는 시간이다. 사회에서 어떤 일을 했는지, 어떤 이름의 직장과 직함이 명함에 박혀있는지는 중요하지 않다. 이 시기만큼은 '엄마'의 역할을 잘 해내서 아이를 잘 키우는 게 가장 중요하다. 주위로부터 '둘째는 알아서 큰다, 소위 발로 키운다'는 말까지 더러 들었던 터라 둘째 육아는 수월하지 않을까 싶었는데, 예상치 못하게 둘째가 쌍둥이로 나에게 찾아오면서 두 번째 육아휴직 시기는 수월하기는커녕 내 삶에서 가장 힘든 순간으로 기록을 세우게 되었다.

육체적으로도 힘들고 정신적으로 고단한 나날들이었다. 먼저,

출산한 지 얼마 되지 않아 여기저기 삐걱거리는 몸으로 시시각각
으로 엄마를 필요로 하는 아이를 케어해야 하는 이중고는 많은 엄
마들이 겪어본 육체적인 어려움이다. 또 다른 의미의 어려움은 정
신적인 것이다. 눈을 떠서 감을 때까지 나의 모든 생각과 행동은
오로지 육아에 집중되었다. 하지만 그렇게 열심히 하루를 보내는
데도 육아는 생각보다 쉽지 않았다. 폭풍 같은 하루를 보내고 나면
온 정신이 바닥까지 소진되었다. 아이를 키우는 일로 내 세계가 가
득 채워지고, 다른 생각은 할 여유조차 생기지 않는다는 답답함이
나를 지치게 했다.

주변 사람들은 육아에는 체력 관리가 필수니, '아이 잘 때 무조건 자라'고들 말했지만, 그때의 나는 내심 두려웠다. 아침에 눈을 떠서 몸과 마음을 다해 아이를 돌보다 보면 엄마로서의 내 자리는 물론 단단해질지 모르겠지만 엄마가 아닌 존재로서의 '나'의 자리는 없어질 것만 같았다. 우물 속에 갇힌 기분이었다. 자존감은 점점 떨어졌고 매사에 의욕도 생기지 않았다. 낯설었던 육아도 점점 손에 익어가고 시간이 갈수록 살이 붙어 토실토실해지는 아이들도 예뻤지만 중요한 무엇이 빠진 것만 같은 기분이 들었다.

이대로 괜찮은 걸까?

'육아의 틈새 시간'은 무조건 나를 위해 쓰자는 것, 이것이 내가 생각한 나를 살리는 방법이었다. 그래서 틈이 잠깐이라도 생기면 집안일은 조금 나중으로 미루어 두더라도 우선 식탁에 앉았다. 내 화장대는 있지만 책상은 없는 우리 집에서 나에게 가장 익숙하고 편안한 공간은 식탁이었다. 평소에는 매 끼니 가족의 밥상으로 쓰이는 공간이지만, 깨끗이 치워놓고 나면 그곳이 언제 식기와 아이들 물건들로 가득 차 있던 곳이었나 싶을 정도로 훌륭한 독서 공간이 되었다. 아이들이 낮잠에 들면 이 소중한 시간은 절대 놓칠 수 없다는 마음으로 기대감에 부풀어 식탁 앞에 앉았다.

아이들을 재울 때에는 나만의 시간을 어떻게 보낼지 생각하곤 했다. 전날 읽다가 덮어 놓은 책을 떠올리고, 아이들을 재우고 나서 책을 읽을 때 곁들여 먹을 간단한 간식까지 미리 생각했다. 이러한 즐거운 상상을 펼치며 쉽게 잠들지 못하는 아이를 토닥였다. 아이를 키우는 일은 하나부터 열까지 모두 어렵지만, 그중에서도 아이를 재우는 일이 제일 난이도가 높다고 생각한다. 적어도 나에게는 그랬다. 왜 아이들은 스스로 잠들지 못하는 걸까, 졸리면 왜 저렇게 투정을 부리고 우는 걸까, 잠드는 데 왜 이렇게 오래 걸리는 걸까. 차라리 공부가 쉽다고 할 수 있을 정도로 '아이 재우기'란 나에게 엄청난 인내심을 요구하는 큰 숙제였다. 그나마 다행이었던 것은 쌍둥이의 성향이 전혀 달라서 딸아이는 엄마의 손길이 없어도 눕기만 하면 스르르 잠에 빠졌다는 것이었다.

어렵게 아이들을 재우고 난 후. 방금 막 잠든 아이들이 깰까 봐 조마조마한 마음으로 커피를 한 잔 내리고 읽고 싶은 책을 꺼내드는, 그 순간의 긴장감은 말로 표현할 수 없다. 첫잠은 깨지 않는다고들 하지만, 아이가 잠에서 깼다가는 어떤 일이 생길지 모르기 때문에 온몸의 기를 모아 조심하며 나의 시간을 사수했다. 아이를 키워 본 엄마라면 누구나 공감할 것 이다. 아이를 겨우 재우고 나왔는데 현관에서 벨 소리라도 울리면 가슴이 얼마나 철렁 내려앉는지를 말이다. 언제 깰지 모르는 아이들 때문에 일분일초가 매우 소중하게 다가왔다. 그래서인지 책을 읽다가 눈이 서서히 감기는, 그런 일은 전혀 없었다.

　그렇게 하루하루 꾸준히 성실하게 읽었다. 아이들이 어린이집에 가면서 조금 더 내 시간이 많아졌고 책 읽는 시간을 정해 놓고 '루틴'으로 정착시킬 수 있었다. 아이들이 등원한 후 초토화된 집을 정리하고 빨래를 돌리고 설거지를 하고 나면 한숨 돌릴 수 있었다. 한 시간 정도는 영어 공부를 해보겠다는 마음으로 쉬운 원서를 번역해서 읽어 보기도 하고, 두 시간 정도는 책을 읽는 시간으로 정해 놓고 그 시간 동안은 다른 일들을 하지 않고 책에만 집중하려 했다. 그리고 나서 내가 어떤 책을 읽고 어떤 생각을 했는지, 무엇을 느꼈는지를 블로그에 서평으로 남겨놓기 시작했다. 전문적인 서평을 쓰려면 엄청난 시간과 노력이 들어가는데, 그런 서평은 시간과 체력의 절대량이 부족한 나에게는 걸맞지 않았다. 그래서 나는 책에서 인상 깊었던 구절이나 장면들을 기록으로 남겨 놓고, 그 구절들에 대한 간단한 생각을 적었다. 그리고 책을 읽고 난 후의 감상을 덧붙여 놓았다. 이렇게 서평을 작성하고 난 다음에는 같은 책을 읽은 다른 사람들의 글을 찾아서 읽어 보곤 했다. 스스로 생각하고 느끼고 싶었기 때문에 직접 내 생각을 적기 전에는 다른 사람의 글은 웬만하면 보지 않았고, 나의 글을 먼저 쓴 후 다른 사람의 글과 비교해 보았다. 이 과정을 통해 온라인으로 연결된 세계 속에서 다른 사람들과 소통하는 짜릿한 기분을 느끼곤 했다. 이렇게 하루하루 읽고 쓴 기록들이 블로그에 차곡차곡 쌓여 있다.

난 경험을 통해 '성실함'의 힘을 이미 알고 있었고, 꾸준히 읽어 나가다 보면 언젠가는 내가 지금보다 더 나은 사람이 될 수 있다는 것을 믿었다. 수영을 배울 때의 일이다. 학창 시절부터 운동에 전혀 소질이 없던 나에게는 물에 뜨는 것 자체가 어려웠고 남들은 한두 달이면 거뜬하게 하는 자유형은 아무리 노력해도 되지 않았다. 강사 선생님의 말씀을 열심히 듣고 영상까지 찾아보며 공부해도 팔다리가 따로 놀았다. 하지만 꾸준히 하다 보면 '언젠가는 할 수 있겠지.'라는 생각으로 열심히 강습에 참여했다. 실력은 꼴찌지만 출석률만은 일등이었다. '꾸준히' 했더니 몸치였던 내가 접영까지 할 수 있는 실력을 갖추게 되었다. 생각보다 성실함의 힘은 어마어마하다.

　당장 누워서 쉬고 싶은 마음, 스마트폰을 보며 대충 시간을 보내고 싶은 마음을 뒤로하고 성실하게 식탁 앞에 앉아 주변을 정돈하고 책을 읽어 보자. 그것만으로도 지금 내가 머물고 있는 자리에서 한 걸음 더 나아갈 수 있을 것이다. 난 그것을 '성장'이라고 말하고 싶다. 그 누구보다 나를 사랑하는 마음으로 스스로를 매만지고 들여다보는 하루하루를 통해 마음이 부드러우면서 단단한 내가 될 수 있을 것이다. 그래서 나는 그 꾸준함과 성실함의 힘을 또 한 번 믿어 보기로 했다.

키친 테이블 세팅하기

독서 환경 만들기

언제 읽어야 할까?

아이 셋을 키우며 책을 언제 읽느냐는 질문을 많이 받았다. 세 아이를 키우다 보면 시간을 쪼개고 또 쪼개 써도 바쁜 것은 사실이다. 아이들은 먹고, 놀고, 자는(먹놀잠) 단순한 패턴을 반복하며 하루를 보내는데, 이 패턴에 따라 부지런히 움직이다 보면 시간이 정말 쏜살같이 지나간다. 우아하게 책을 읽고 싶은 마음은 굴뚝같지만 읽을 시간이 나지 않는다. 읽을 시간이 없는데 도대체 언제 읽을까? 그 시간은 내가 '찾아야만' 나에게 온다. 찾지 않으면 무의미하게 흘러가서 손에 잡히지 않는 곳으로 사라질 뿐이다.

막내 쌍둥이들이 아기 꼬물이 시절이었을 때는 '먹놀잠' 중 낮잠

자는 시간이 긴 편이어서 그 시간을 아껴 가며 책을 읽곤 했다. 정재호의 〈잘 자고 잘 먹는 아기의 시간표〉라는 책을 참고해서 아이들의 생활 패턴을 계획에 맞춰 놓았고, 그 덕분에 낮잠 자는 시간이 어느 정도 예측할 수 있게 되었다. 그래서 아이들이 잠들면 조용히 방문을 여닫고 나와 식탁에 앉아 책을 읽었다. 생각해 보면 그때의 독서가 정말 집중이 잘 되었던 것 같다. 언제 아이들이 깰지 모른다는 그 긴장감 덕분인지 내용이 쏙쏙 머리에 들어왔다.

아이들이 기관 생활을 시작하면서 본격적으로 책을 읽을 시간이 생겼다. 아이들이 어려서 종일 집에서 육아를 할 때에 비해 훨씬 사람다워진 삶이었다. 아이들과 분리되어 나 혼자, 나를 위해 무언가를 할 수 있는 시간이 조금씩 생긴다는 사실이 무척 기뻤다. 하지만 이 시간은 생각보다 길지 않았다. 집을 정돈하고 스마트폰으로 핫한 뉴스들을 검색하거나 지인들과 만나 이야기를 나누다 보면 어느새 점심 먹을 때가 되었고, 또 집안일과 미뤄 놓은 일들을 하다 보면 금세 아이들을 데리러 갈 시간이 되었다.

그래서 나는 시간을 붙잡기로 마음먹었다. 일단 독서 시간을 '확보'해 놓고 책을 읽었다. 특별한 일이 없는 이상 하루 중 몇 시부터 몇 시까지는 책을 읽는 시간으로 정해놓고 그 시간에는 규칙적으로 내가 계획한 일들을 실천해 보았다. 이것은 결과적으로 꾸준한 독서 습관을 만드는 데 도움이 많이 되었다. 습관은 반복을 통해 형성된다. 그러므로 지속적으로 성실하게 해 나가는 게 중요하다.

개인적으로는 오전에서 오후로 넘어가는 시간 즈음을 좋아한다. 따스한 햇살이 들어오는 그 시간, 깨끗하게 정돈된 집에서 홀로 앉아 책을 통해 낯선 세계와 연결되는 기분이 참 좋았다. 아이들이 썰물같이 빠져나가고 난 집은 마치 폭풍우가 휘몰아치고 지나간 것처럼 어지러웠지만, 하나 둘 물건들의 제자리를 찾아주고 집안일을 마치고 나면 늘 보아오던 햇살이 더욱 따뜻해 보였다. 크게 숨을 내쉬고 커피 한 잔을 내린 다음 식탁에 앉으면, 마치 햇살이 우리 집 안으로 성큼 걸어 들어오는 것 같은 기분이었다. 그 빛을 벗 삼아 책을 읽으면 어느 유명한 카페에 가지 않아도 충분히 행복한 마음에 닿을 수 있었다.

그리고 가족들이 모두 잠들어 누구도 나를 찾지 않는 시간 또한 내가 '나'로 살아있다고 느끼는 독서 시간이다. 이 시간이 좋은 이유는 더 이상 나에게 부여된 역할을 하지 않아도 된다는 사실 때문이다. 아침에 눈을 뜨면서 동시에 해야 할 일들이 나를 꼬리처럼 따라다니고, 매 시간 그 꼬리를 잘라가며 나의 역할을 해나간다. 하지만 모두가 잠든 캄캄한 밤에는 나를 따라다니는 꼬리가 사라지고, 그 무엇도 나에게 강요되지 않는다. 나를 위한, 나만의 시간인 것이다. 그리고 아이들이 잠을 자고 몇 시간은 쭉 깨지 않는다는 데서 안도감을 느낄 수 있었다. 아이들의 낮잠 시간을 활용해서 책을 읽을 때에는 아이들이 언제든 곧 깰 수 있다는 생각이 마음 한 구석에 있었다. 그래서 긴장이 되었고 그 덕에 집중이 잘되기도 했지만, 불안한 마음이 생기는 건 어쩔 수 없었다. 하지만 모두가 잠든 밤에는 내가 원한다면 얼마든지 나를 위해 시간을 쓸 수 있었다.

　새벽을 독서 시간으로 정해서 꾸준히 실천하는 사람들도 있다. 새벽 기상, 미라클 모닝이라는 말이 낯설게 들리지 않는 것은 그만큼 조금씩 일찍 일어나 고요한 새벽 시간을 자신의 것으로 만드는 사람들이 많아졌다는 것을 보여주는 것 같다. 나도 어슴푸레한 새벽 시간을 활용하고 싶은 마음에 몇 번 새벽 기상을 시도를 해보곤 했다. 하지만 나는 아침잠이 많은 편이고, 결정적으로 잠을 자던 아이들이 내가 알람을 맞춰 놓고 살금살금 일어나면 엄마가 옆에 없다는 사실을 귀신같이 알고 금세 잠에서 깨어버려 계획이 여러 번 실패하고 말았다. 그래서 나의 독서 시간은 자연스레 모두가 잠든 밤이 되었다.

　자신이 처한 상황에 맞게, 신체 리듬을 고려하여 하루 중 책을 읽을 만한 시간을 찾아보길 바란다. 매일 아침 지하철을 타고 출근하는 시간, 혹은 출근해서 업무를 시작하기 30분 전 커피 한 잔 하는 시간에, 혹은 아이가 낮잠 자는 시간, 아이가 원에 가고 집안일을 막 마친 그때에. 나에게 가장 맞는 시간으로 독서 시간을 정하는 것을 추천한다.

　그리고 말 그대로 '틈틈이' 읽는다. 몇 년 전 고민 끝에 '이북 리더기'를 구입했다. 휴대성이 높고 눈의 피로도가 낮아 책에 대한 접근성을 높일 수 있어서 결과적으로 만족스러웠다. 평소 외출할 때 이것도 필요할 것 같고 저것도 필요할 것 같아 가방에 한가득 챙겨서 다니는 편인데 책을 한 두 권 넣다 보면 정말 무거워져서 몇 걸음 걷다 보면 생각 없이 책을 챙겨 넣은 나 자신이 원망스러울 때가 있었다. 하지만 이북 리더기를 사용하니 외출할 때 무거운 책을 이고 지고 나가지 않아도 되지 않아 몸도 마음도 가벼워졌다. 언제든 리더기를 켜기만 하면 책을 읽을 수 있어서 샤워하고 나서 머리를 말리면서도 리더기를 보면서 책을 읽기도 했다. 친구를 만나러 나갈 때도, 가족 여행을 갈 때도 틈새 시간이 생기면 이북 리더기를 활용해 책을 읽을 수 있었다.

그리고 이북 리더기에는 특수 잉크와 액정 패드가 사용되기 때문에 스마트폰으로 책을 읽을 때에 비해 눈의 피로도가 낮다는 점이 또 하나의 장점이다. 가끔 손에 잡히는 대로 스마트폰의 이북 어플로 책을 읽기도 하는데, 작은 화면을 집중해서 보다 보면 눈에 무리가 가곤 한다. 하지만 이북 리더기는 스마트폰에 비해 빛의 반사가 덜해 눈의 피로도가 낮아 훨씬 더 편안하게 책을 읽을 수 있다. 또한 하이라이트 기능으로 인상 깊은 구절에 밑줄을 그을 수 있고, 밑줄 그은 문장들을 모아서 한꺼번에 볼 수도 있다. 종이 책을 읽을 때에는 주로 포스트잇 같은 띠지를 붙여두는 편인데, 이북 리더기로 책을 읽을 때에는 터치 몇 번만으로도 보물 같은 문장들을 손쉽게 모아놓을 수 있다는 점이 편리하다. 마지막으로 이북리더기의 매력을 말하자면 '감성템'이라는 것이다. 스마트폰의 배경

화면을 꾸미는 것처럼 이북리더기의 잠금 화면과 홈 화면을 나만의 개성과 취향을 반영해서 꾸밀 수 있다. 또, 폰트와 글자 크기를 보기 편한 대로 조절할 수 있다. 내가 가장 가독성이 좋다고 느끼는

상태로 이북리더기의 설정을 최적화할 수 있어 세상에 하나뿐인, 나만의 감성템으로 꾸밀 수 있다.

하지만 이북 리더기에도 단점은 있다. 생각보다 가격이 꽤 나간다는 것과 액정이 정말 약하다는 것이다. 난 이북리더기를 두 대째 사용하고 있는데, 처음 사용했던 이북리더기는 용감무쌍하게도 파우치에도 넣지 않고 젤리케이스와 보호 필름만 덜렁 붙이고 다니다가 핸드백 속에서 어느 날 장렬하게 전사했다. 고민 끝에 새로 들인 이북리더기 또한 소중하게 다루려고 노력했지만 산 지 얼마 되지 않아 액정이 깨진 채로 발견되었다. 비싼 수리비를 내고 수리를 하고 난 다음, 같은 실수를 반복하지 않기 위해 보호필름을 꼼꼼하게 붙였고 사용한 후에는 파우치에 꼭 넣어두고 있다. 그럼에도 워낙 덜렁대는 성격 탓에 이유도 모른 채 깨진 액정을 마주하지 않을까 하는 두려움을 느낀다. 이북 리더기의 이런 점들이 번거롭게 느껴지고 걱정된다면 스마트폰에 있는 이북 어플을 이용해 시간 나는 대로 책을 읽는 것도 차선책이라고 생각한다. 〈책, 이게 뭐라고〉라는 책에서 장강명 작가는 다독의 비결로 틈나는 대로 스마트폰 이북 어플을 통해 책을 읽는 것을 밝힌 바 있다.

늘 책만 읽을 수는 없다. 영화도 보고, 음악도 듣고, 때로는 넷플릭스에서 정말 좋아하는 미드를 보며 밤을 지새우기도 한다. 하지만 나에게 즐거움을 주는 많은 것들 사이에서 책의 자리는 반드시 남겨 놓으려 한다. '시간이 없어서' 책을 읽지 못한다고 생각하기보다는 시간을 '만들어서' 책을 읽는 것이다. 고된 육아, 바쁜 일상으로 너무 지쳐 아무것도 생각하고 싶지 않을 때, 아이 물건을 쇼핑몰 장바구니에 담으며 내 시간이 사라져간다고 느낄 때, 책을 읽으며 오롯한 나의 시간을 가져 보는 것은 어떨까?

어디에서 읽어야 할까?

나만의 공간을 찾아보자. 바쁜 하루 중 나를 위한 시간이 반드시 필요한 것처럼 집 안에서 나를 위한 공간을 찾는 것도 중요한 일이다. 일상 속에서 쉼표를 찍을 수 있는 공간이 집 안에 있어야만 그곳에서 다시 스스로를 충전하여 살아갈 힘을 얻을 수 있다. 그 공간은 나를 위한 오아시스가 된다. 이유미의 〈자기만의 (책)방〉이라는 책에서 글쓴이는 집 안에서 자신만의 '독서 스팟'을 찾아보라고 말한다. 행복해지려면 좋은 사람을 자주 만나야 하듯, 어떤 일을 할 때 능률을 높이려면, 내게 좋은 에너지를 주는 공간을 찾아야 한다는 것이다.

나에겐 '식탁'이라는 공간이 독서 스팟, 곧 책 읽는 자리다. 육아 절정기의 우리 집은 육아에 필요한 물건들이 가득했고 그것들이 정돈되지 않아 정말 어지러웠다. 쌍둥이 아이들을 위해 아기 침대도 두 개, 역류 방지 쿠션도 두 개, 젖병도 남들의 두 배가 마련되어 있었다. 세 아이의 성별이 달랐고 사계절에 맞게 옷장을 채워줘야 했기에 옷은 점차 불어나서 산더미처럼 쌓여갔다. 큰 아이와 쌍둥이들이 네 살 터울인 데다가 언젠가는 누군가가 읽을 거라 생각해서 큰 아이가 읽던 수많은 책을 처분하지 못하다보니 책은 흘러넘쳤다. 이런 상황에서 나를 충전할 수 있는 독서 스팟을 찾는 것은 쉽지 않은 일이었다.

어디를 책 읽는 공간으로 삼으면 좋을까 고민하던 나는 우리 집 '식탁'을 독서 스팟으로 정했다. 신혼 초, 서재에 1800mm 사이즈의 책상을 두 개 구입해서, 하나는 남편이 하나는 내가 사용하기로 했었다. 이때만 해도 남편과 마주 앉아 함께 책을 읽고 일도 할 수 있을 줄 알았다. 그런데 아이들을 낳고 부부가 함께 도란도란 앉아서 일을 할 여유가 없어지면서, 책상 하나는 서재에 두고 나머지 책상 하나는 부엌에 두고 식탁으로 사용하게 되었다. 게다가 시간이 지나면서 서재 위의 책상은 어쩌다 보니 온갖 육아 용품, 갈 곳을 잃은 물건들로 가득 차서 사용하기 어렵게 되었고, 남은 내 공간이라고는 화장대뿐이었다. 화장대도 가끔은 간이 책상으로 사용하기는 했지만 화장품, 잡동사니 등으로 가득해서 독서 스팟으로 정하기에는 무리가 있었다. 그래서 주방에 있는 하나 남은 또 다른 책상, 우리가 식탁으로 사용하고 있는 책상에 눈을 돌렸다. 식구들이 활동할 때에는 음식, 식기, 아이들 물건들이 정신없이 흩어져 있는 공간이었다.

그래서 아이들이 잠들면 다른 곳은 그대로 두더라도 식탁만은 깨끗하게 정돈했다. 여력이 되면 온 집 안을 깨끗하게 정리하고 커피 한 잔 내려놓고 식탁 앞에 앉는다면 최고의 상태이다. 다른 물건은 치우고, 책과 커피가 놓여 있는 깔끔한 식탁은 책을 읽기에 더없이 훌륭한 공간이었다. 화장대에 비해 넓어서 여러 책을 옆에 두고 노트북으로 음악까지 켜 두어도 비좁지 않고 쾌적했다. 또 탁트인 거실과 연결되어 있어 개방감이 느껴졌고, 낮에는 창을 통해 거실로 들어오는 햇살을 그대로 느낄 수 있었다.

식탁을 책 읽는 공간, 독서 스팟으로 정해 놓고 내 시간이 생기면 머뭇거리지 않고 그 공간을 찾았다. 그곳에서 책을 읽으면서 육아에서 잠시 벗어난 것 같은 기분을 느낄 수 있었고, 책 속에 펼쳐져 있는 또 다른 세계와 연결되는 기분을 느낄 수 있었다. 아이들이 활동하는 시간에는 식구들이 모여 앉아 밥도 먹고 간식도 먹는 차도 마시는 식탁이, 아이들이 곤하게 잠에 들고 나면 오직 나만을 위한 공간으로 변했다.

하루종일 북적이며 시간을 보내던 나는 혼자 있는 시간을 간절하게 원했다. 그때의 식탁은 다른 누군가를 위한 공간이 아니었고, 오로지 나만의 공간이었다. 혼자 가만히 앉아 책을 읽고 느끼고 깨달을 수 있는, 이를 통해 성장할 수 있는 고마운 곳이었다.

무라카미 하루키는 〈직업으로서의 소설가〉라는 책에서 작은 가게를 운영하던 시절, 늦은 밤 식탁에 앉아 소설을 썼다고 말한다. 그리고 그때의 소설들을 '키친 테이블 소설'이라고 했다. 낮에는 생계를 위해 치열하게, 밤에는 식탁에 앉아 자신만의 소설 속 세계를 만들어나갔던 하루키의 공간 운용을 내 삶에도 적용시켜 보는 것은 어떨까. 집 안에서 가장 친근한 공간인 식탁에서 '키친 테이블 독서'를 해 보는 것이다.

내가 가장 나일 수 있는 공간, 편안한 기분을 느끼며 기대어 쉴 수 있는 공간에 앉아 잠시 나만을 위한 시간을 가져 보자. 좋아하는 음악을 잔잔하게 틀고 좋아하는 차를 한 잔 마시며 좋아하는 작가의 글을 읽어 보자. 때로는 '책맥'(책과 맥주의 조합), '책차'(책과 차의 조합)를 해도 좋다. 나에게 다시 살 수 있는 힘을 주는 그 공간을, 나는 무척이나 사랑한다.

키친 테이블에 놓을 책 고르기

―○○○―

내 소중한 시간, 아무 책이나 읽을 수는 없지
– 좋은 책이란?

시간은 누구에게나 하루에 24시간이 주어진다. 하지만 잠을 자는 시간, 아이들을 돌보는 시간, 장 보는 시간, 집안일하는 시간, 직장에서 일을 하는 시간 등을 제외했을 때 순수하게 내가 쓸 수 있는 시간은 얼마나 될까? 책을 읽는다는 것은 텔레비전에 나오는 단순 예능프로그램을 보는 것처럼 편안하게 앉아서 즐길 수 없는, 고도의 사고력과 집중력을 요구하는 행위이다. 그렇기 때문에 한 권의 책을 읽는 데 걸리는 시간은 실로 꽤 크다. 같은 내용의 작품이라 하더라도 영화로 보면 두 시간 남짓이면 충분한 내용을, 책으로 보게 되면 이삼일, 어떤 경우는 적어도 일주일, 혹은 책에 따라서는 한 달이 넘는 시간이 걸리기도 한다. 이런 이유로 인해 두꺼운 책의 내용을 일목요연하게 요약 정리해서 알기 쉽게 강의해 주는 유튜브 채널이 생기기도 할 정도이다. 물론 유튜버가 핵심 문장과 내용 위주로 이해가 쏙쏙 되게끔 정리해 주는 내용을 열심히 듣는 것이 책의 내용을 '어느 정도 이해했다'고는 할 수 있겠지만, 과연 '읽었다'고 할 수 있을지는 의문이다.

안 그래도 바쁜 우리의 삶 속에서 나만의 시간을 찾기란 정말 어려운 일이다. 우린 이 소중한 시간을 책을 위해 쓰겠다고 결심을 한다. 그런데 아무 책이나 읽어도 되는 것일까? 아니다. 나에게 의미 있는 책을 찾아야만 한다. 이 시간은 가치 있는 것들로 채워져야 한다. 그리고 내가 처한 현실에서 벗어나고 싶다면, 위로를 받고 싶다면, 또한 책을 통해 무언가를 배우고 싶다면, 나아가 읽는 행위를 거쳐 '변화하는 내 삶을 목격'하고 싶다면, 이로써 진정한 나를 찾고 싶다면, 그 책은 '좋은 책'이어야만 한다.

헨리 데이비드 소로우는 저서 〈월든〉에서 독서를 잘하는 것, 즉 '참다운 책을 참다운 정신으로 읽는 것은 고귀한 운동'이라고 언급하며 독서의 중요성을 강조하면서도, 좋은 책을 읽어야 한다고 강조한다. '가벼운 읽을거리'로 지적 능력을 소모시켜서는 안 되며, 좋은 책인지 아닌지를 판단하지 않고 잡동사니 책들을 모조리 소화시키는 데에만 급급해서는 안된다는 것이다. 물론 독서에 첫발을 들여놓았다는 것은 다른 유혹을 물리치고 책 읽을 결심을 했다는 점에서 그 자체로 의미 있는 일이지만, 이왕 읽기 시작했다면 소중한 시간을 할애한 만큼 나에게 의미 있게 다가오는 책을 읽는 것이 좋다.

그렇다면 어떤 책이 '좋은 책'일까? 좋은 책을 판가름하는 기준은 개개인에 따라 다를 수 있다. 나에게 좋은 책은 인간의 삶 자체에 대해 통찰을 할 수 있게 하는 책이다. 소로우는 〈월든〉에서 '고전'이라는 문화적 유산에 높은 가치를 부여하고 고전 읽기의 중요성을 강조했다. 심심풀이로 무언가를 읽는 차원의 독서를 넘어서 고귀한 지적 운동을 할 수 있게 하는 책이 좋은 책이라는 것이다. 그는 우리가 이왕 글자를 배운 이상 최고의 문학작품을 읽어야 하고, 우리가 고전이라고 부르는 문화적 유산을 향유해야 한다고 말한다.

독서는 어찌 보면 고된 노동에 가깝다. 어떤 의미를 품고 있을지도 모르는 활자를 보고 최대한 힘을 발휘해서 의미를 읽어내야 하기 때문이다. 머뭇거리고만 있으면 책에 있는 그 어떤 활자도 내 안으로 들어오지 않는다. 무언가를 '읽는다'는 것은 책 안의 활자를 자신의 것으로 만드는 정신적 노동을 필요로 한다. 여러 단어들의 의미를 이해하고 느껴 보아야 하며, 단어들이 이루어 낸 문장들이 글 전체에서 어떤 의미를 가지는지, 나에게는 어떻게 다가오는지 살피는 노력이 필요하다. 그런 노력을 해야만 활자는 내 것이 될 수 있다. 이렇게 많은 에너지를 소비해야 하는 만큼 '좋은 책'을 고르는 것은 무척 중요하기에, 소로의 말이 매우 와닿는다.

　나 또한 고전은 선택했을 때 후회가 없다는 믿음을 가지고 있다. 갓 스무 살이 되었을 무렵 경기도 외곽에 살던 나는 드라마 '나의 해방일지'에 나오는 주인공처럼 서울까지 지하철을 타고 통학을 했는데 가는 데만 1시간 40분이 걸렸다. 지하철에서 꾸벅꾸벅 한참 졸다 보면 어느새 내릴 때가 되곤 했는데, 언제부턴가 시간이 아깝다는 생각이 들어 책을 읽기 시작했다. 집에 있던 도스토예프스키의 '죄와 벌'을 무심코 골라 들고 틈틈이 읽었다. 사실 그 책이 고전이라는 이유로 고른 것은 아니었고, 그때는 그저 책 제목이 왠지 멋있어 보여서 읽고 싶은 생각이 들어서 읽은 것뿐이었다. 하지만 읽으면서 점점 그 책에 빠져들었다.

　비범한 인간이 되고 싶은 마음에 전당포 노파를 살해한 가난한 대학생 라스콜리니코프. 그는 자신이 평범한 사람들과 다르다는 것을 증명하고 사회악을 제거하고 싶다는 생각으로 살인을 저지르지만 우발적으로 노파의 동생까지 죽이면서 혼란에 빠지고 내면에 균열이 생긴다. 소설 속에는 그가 노파와 노파의 동생을 살해하고, 수사망이 좁혀지면서 겪는 불안감과 내적 갈등이 매우 섬세하게 묘사되어 있다. 평소 소설을 읽으면서 발단부터 시작하여 위기나 절정 부분에 이르러서야 서서히 갈등이 고조되는 서사에 익숙했었던 나는, 가장 중요한 사건을 소설 전반부에 배치하고 이후에는 그의 심리 묘사에 치중한 이 소설이 충격적이었고 신선하게 느껴졌다. 뿐만 아니라 그가 범죄를 저지르게 된 배경과 행동의 이유가 심리적, 철학적으로 촘촘하게 서술되어 있어 더욱 감탄하면서 읽었다. 이 작품을 읽을 무렵 갓 스무 살이었던 나는, 소설 속 이야기를 통해 죄지은 이의 심연을 들여다볼 수 있었다. 내가 생각하는 좋은 책은 이런 책이다. 감동을 줄 뿐만 아니라 인간과 삶에 대해 조금 더 트인 눈으로 바라보게 할 수 있는, 그런 책 말이다.

또, 나에게 좋은 책이란 나에게 배움의 경험을 할 수 있게 해 주는 책이다. 책을 읽는 행위는 나에게 많은 사실을 일깨워준다. 우리가 직접 경험할 수 있는 세계의 폭은 제한되어 있고 알고 있는 지식의 정도도 한계가 있다. 책은 그야말로 '살아있는 교과서'처럼 우리의 경험의 폭을 넓혀주고 부족한 지식을 채워 준다. 나는 칼 세이건의 〈코스모스〉를 읽으며 우주의 신비로운 작동 원리와 모습에 대해 알 수 있었고, 재레드 다이아몬드의 〈총.균.쇠〉를 읽으며 우리 문명에서 무기, 병균, 금속이 어떻게 역사적으로 기능해 왔는지도 알 수 있었다. 나는 책을 통해 이러한 배움을 얻는 것을 매우 기껍게 여기고, 이런 기회를 얻을 수 있는 것을 행운으로 여긴다.

좋은 책을 읽게 되면서 자연스레 책 속의 사람들을 만나며 삶의 다양한 모습에 대해 알게 되고, 배우고 깨달음을 얻게 된다. 내가 몰랐던 사실에 대해 알아 가며 지식을 쌓기도 하고 자신을 둘러싼 세계에 대해 보다 객관적으로 이해할 수 있게 되기도 한다. 무작정 어려운 책만이 좋은 책이라는 것은 절대 아니다. 누군가가 쓴 편지도, 수필도 나와 다른 누군가를 이해할 수 있는 통로가 될 수 있다. 어떤 책을 읽을지 고민하는 시간은, 내가 책을 통해 보다 나은 사람으로 변화될 수 있는 문 앞에 서 있는 시간이기도 하다. 좋은 책을 선택하는 일은 그렇기 때문에 중요하다.

좋은 책은 내가 찾는다 – 좋은 책을 고르는 방법

주변 사람들이 나에게 '책을 추천해 달라'는 말을 가끔 한다. 책을 읽고는 싶은데 어떤 책을 읽어야 할지 모르겠다는 것이다. 독서를 결심해서 책을 고르자니 매번 읽는 분야의 책만 읽게 되고, 서점에 가도 늘 베스트셀러에 올라 있는 책들만 살펴보고 오게 된다고도 했다. 한 편을 보는 데 두 시간 정도 걸리는 영화를 보기 전에도, 혹여 시간만 버리게 되는 일이 될까봐 평점을 보고 후기를 샅샅이 살핀 다음 볼 영화를 고르는 사람들이 많다. 하물며 영화를 보는 것보다 더 많은 시간과 에너지를 필요로 하는 독서를 하기 위해서는 무작정 읽기에 앞서 책을 고르는 데 더 많은 공을 들여야 하지 않을까. 나에게 어떤 책이 필요한지, 좋은 책이 무엇인지 고민한 다음 어떤 책을 읽을지 결정해야 한다. 좋은 책을 찾는 것은 그래서 중요하다. 그렇다면 좋은 책을 고르는 방법에는 어떤 것들이 있을까?

　나의 경우, 인류의 문화적 유산, '고전'을 선택하면 후회하는 일이 거의 없었다. '고전'이란 예전에 만들어진 것으로 시대를 초월하여 높이 평가되는 문학예술 작품을 말한다. 고전은 시간이 흘러도 그 가치가 변함없이 인정되고, 후세 사람들에게도 끊임없이 영향력을 행사할 수 있다. 그러므로 책을 읽기 위해 자리를 잡았다면 고전을 읽는 것이 훌륭한 선택이 될 수 있다. 세계문학전집 중 관심이 가는 내용을 다룬 작품을 읽어도 좋고, 한국 문학 작품들 중 시간이 지나 문학적 가치를 인정받은 작품을 골라도 좋다.

　예를 들어 고등학교 문학 시간에 아마 배웠을 최인훈의 〈광장〉을 생각해 보자. 수업 시간에는 교과서에 수록되어 있는 일부분의 작품만을 보았기에 전문을 보았을 가능성이 적고, 성인이 되어서도 전문을 찾아 읽은 사람이 많지 않을 것 같다. 하지만 〈광장〉은 고리타분한 교과서 작품으로 치부하고 기억의 어두운 저편으로 보내버리기엔 너무나 아까운 작품이다. 해방 직후부터 6.25 전쟁 이후까지를 배경으로 하는 이 소설이 우리가 살고 있는 현시대의 상황과 동떨어진 것처럼 생각될 수도 있다. 하지만 난 이 소설을 읽을 때면 주인공 '이명준'의 모습에서 지금 소설을 읽고 있는 '나'의 모습을 발견하게 된다. 그를 당시 깊은 고뇌에 빠지게 했던 고민들은 겉으로 보았을 때 이데올로기로 인한 갈등에 근간을 두고 있지만, 실은 특수보다는 보편에 가까운 인간 본질의 문제를 다루고 있다.

남한의 철학과 대학생인 이명준은 월북한 아버지로 인해 모진 취조를 당하고 월북한다. 그가 생각하기에 남(南)에는 밀실은 있지만 광장은 없었다. 하지만 북(北)에서 직접 그곳의 실상을 보고 또다시 환멸을 느낀다. 그곳에는 광장은 있지만 밀실은 없었던 것이다. 그는 남과 북의 체제, 즉 밀실과 광장을 모두 경험한 후, 중립국으로 향하는 배에 몸을 싣는다.

내가 이 소설을 읽고 느낀 감정은 '공감'에 가까웠다. 1960년대를 살아가는 지식인이 느꼈을 처절한 고민이 수십 년이 흐른 지금 나에게 강한 공감을 일으키는 까닭은 무엇이었을까? 밀실과 광장이 사실은 인간·보편의 내면을 상징하기 때문이다. 밀실은 개인이 머무르고자 하는 내밀한 공간이고, 광장은 사회적 소통의 공간이다. 누구나 광장에 있으면 밀실이 그리워지고, 밀실에 있으면 광장이 그리운 경험을 해보았을 것이다. 이 소설이 특수한 시대적 상황을 배경으로 하고 있으면서도, 인간의 보편적 본성에 뿌리를 둔 갈등을 다루고 있다는 사실은 읽는 사람에게 깊은 감동과 여운을 준다. 또한 나만 이런 갈등을 겪는 것 아니라는 위로와 깨달음을 동시에 준다.

고전은 또한 소장 가치가 있을 뿐 아니라, 시간이 흘러 많은 것들이 변한 후 다시 읽어도 충분히 새롭게 읽힌다. 내 책장에 꽂혀 있는 책들 중에는 고전이 많은 비중을 차지하는 편이다. 이미 읽은 책이지만 책장에 정성스럽게 진열하는 이유는 내가 이런 책을 읽었다고 남들에게 자랑하며 보여주려는 것이 아니라, 여유가 생겼을 때 다시 그 책을 만나고 싶은 기대를 가지고 있기 때문이다. 작품은 늘 그 자리에 그대로 있지만, 작품을 읽는 내가 느끼는 감정, 상황, 태도는 때마다 변한다. 그렇기에 읽을 때마다 작품은 독자인 '나'라는 변수에 의해 새로워진다.

그리고 좋은 물건을 아이에게 물려주고 싶은 마음과 마찬가지로, 고전은 언젠가 내 아이가 책장을 들추어보기를 원하는 책이다. 나는 어렸을 때 부모님의 서재에 있는 책을 구경하는 걸 좋아했다. 누렇게 빛바래고 두꺼운 책들, 깨알같이 쓰인 글자들이 무얼 말하는지 궁금했다. 겉모습만 보아서는 전혀 매력적이지 않은 그 책들 안에는 대체 무슨 이야기가 들어 있는지 궁금해서 한 권씩 꺼내어 읽어보곤 했다. 부모님의 서재에 있는 세계문학전집에서 〈소공녀〉를 꺼내 읽고 소설 속 세계에 흠뻑 빠진 채 밤을 보낸 기억이 마음 깊은 곳에 아름다운 추억으로 자리 잡고 있다. 그런 경험이 있어서일까? 한 작가가 오래전 쓴 귀중한 글들을 그 책이 언젠가는 미래의 내 아이의 손에 닿기를 원하는 마음을 담아 책꽂이에 가지런히 꽂아둔다. 그래서 어떤 책을 읽을지 고민이 되는 순간에, 고전은 대부분 '옳았다.'

두 번째 방법은 책 속에서 책을 찾아보는 것이다. 한 권의 책은 다른 수십 권의 책에 빚을 지고 있다. 온전히 독자적인 책은 없으며, 수많은 책은 관계를 맺고 있다. 대학원에 다닐 때의 일이다. 대학원 생활의 최종 목표는 자신이 정한 주제에 관한 한 편의 논문을 작성하는 것이었다. 그래서 수업을 듣고 세미나에 참석하거나 도서관에서 자료를 찾는 시간을 제외하고는 대부분 논문을 쓰기 위해 연구실에서 시간을 보낸다. 선배들은 열심히 무언가를 하고 있는데 나는 뭘 읽고 공부를 해야 할지 몰라 옆에 있는 한 선배에게 질문했다. "주로 어떤 책을 읽고 있으세요?" "그리고 그 책들은 어떻게 고르시나요?"라는 질문이었다. 선배는 어떤 책을 읽어야 하는지는 책 속의 책들이 알려준다고 답을 했다. 한 권의 책은 다른 수많은 책을 인용하고 있고, 사고의 폭을 넓히기 위해서는 책들과 연결된 다른 책들을 자신이 공부할 주제에 맞게 선택해 읽으면 된다는 것이었다. 이 책을 읽다 보면 다른 책이 나오니 찾아보게 되고, 다른 책을 읽으면 또 다른 책이 나오면서 '독서의 세계'가 점점 확장된다는 것이었다.

작가들이 읽어 온 수많은 책들은 한 권의 책 속에 녹아 들어 있다. 책을 읽다 보면 작가가 책 속에서 특정 책을 직접 언급하는 경우가 있고, 어느 구절을 인용할 때도 있다. 책을 읽다 보면 슬쩍 언급하고 지나갔지만, 그 내용이 너무 궁금할 때가 있다. 그럴 때면 책 하단의 각주나 책 뒷부분의 〈참고문헌〉을 살펴보면 인용된 책들에 대한 정보를 확인할 수 있다. 관심이 가는 책들을 메모해 두었다가 책을 고를 때 활용할 수 있다. 이렇게 책을 읽게 되면 내가 읽었던 책과 새로 읽은 책과의 관련성을 의식하게 되고, 자연스럽게 독서의 폭이 확대된다.

세 번째 방법으로는 전문가의 추천을 받아 보는 것이 있다. 도서관 사서, 국어 교사, 북 큐레이터와 같은 독서 분야의 전문가들에게 추천을 받아보는 것이다. 이 방법은 늘 같은 분야의 책만 읽는다면, 혹은 고전은 너무 어렵고 책에서 언급되는 책 중에서 도통 어떤 책을 읽어야 할지 모를 때 유용하다. 전문가들은 읽는 사람의 취향, 수준 등을 고려해 적절한 책을 추천해 준다. 어려움에 처했을 때 전문 상담가에게 상담을 요청하는 것처럼, 독서의 시작이 어려울 때 독서 교육의 전문가에게 도움을 청하는 것도 좋은 방법이다.

뿐만 아니라 전문가들은 다양한 분야의 책을 추천해 줄 수 있다. 생각보다 많은 사람들이 경제면 경제, 재테크면 재테크, 육아면 육아처럼, 어느 특정 한 분야의 책만 집중적으로 읽곤 한다. 물론 아이를 키우다 보면 자연스럽게 육아서를 찾게 되는 것처럼, 내가 목마른 분야의 책에 먼저 손이 가게 되는 것은 당연하다. 그러나 다양한 분야의 책을 읽게 되면 독서의 폭을 넓히고 여러 방면으로 사고도 확장시킬 수 있다. 독서의 폭을 넓힌다면 내가 만날 수 있는 세상의 범위는 무궁무진하게 넓어진다. 때로는 전문가와 상담하고 책을 추천받는 경험을 거쳐 평소에 접하지 않아 본 책들의 세계에 발을 들여놓여 보면 좋을 것이다. 나는 솔직히 고백하자면 문학 편식이 심한 편이고, 의식적으로 사회, 심리, 과학, 역사, 경제 등 다른 분야의 책들도 고려하여 책을 선택하곤 한다. 책은 내가 세상을 보는 틀인데, 한 분야에 치중하다 보면 생각 또한 치우칠 수 있겠다는 생각에서이다. 사서교사나 북 큐레이터 등 전문가와 대화를 나눠 보는 것은 어떨까? 그분들이 당신을 새로운 세계로 이끌어줄 것이다.

넷째, 나만의 기준을 만들고 직접 좋은 책을 찾아보는 방법이 있다. 옷을 고르듯 가벼운 마음으로 서점에 갔을 때 막상 읽고 싶은 책이 무엇인지, 읽을 만한 책이 무엇인지 몰라 매대 주변을 어슬렁거리다 책을 고르지 못하고 그냥 나온 경험이 한 번쯤은 있을 것이다. 막연하게 책을 한번 사볼까 하는 생각으로 서점에 갔다가, 예쁜 일러스트로 장식된 책 표지와 아름다운 삽화에 이목이 끌려 책을 고른 후, 막상 내용을 읽어보니 내 취향과 맞지 않아 책꽂이 한 구석에 그대로 꽂아놓은 경험도 있을지도 모르겠다. 이는 직접 독자가 좋은 책을 찾아 나섰지만 실패한 경우인데, 책을 고르는 방법을 알지 못했기 때문이다.

좋은 책을 내가 직접 고르기 위해서는 '기준'을 세우는 것이 좋다. 기준을 세우고 그것을 바탕으로 나만의 '책 평가표'를 만드는 것이 좋다. 크게는 어떤 분야 혹은 어떤 주제의 책을 읽고 싶은지를 가장 먼저 결정해야 한다. '내 수준에 맞는지', '분량은 적절한지', '내용은 내가 읽고 싶은 내용에 부합하는지', '흥미롭게 서술되어 있는지' 등의 기준을 세워 책을 평가한 후 읽을 만한 책을 고르는 것이 좋다. 옷을 사기 위해 백화점에 가게 되면, 어떤 스타일의 옷을 사고 싶은지, 어떤 색상이 나에게 잘 어울리는지, 어떤 소재의 옷이 편한지, 얼마 정도의 가격이 적당한지 등 자신이 생각한 기준을 가지고 옷을 사는 것과 마찬가지이다.

지난 학기에 '한 학기 한 권 읽기 수업'을 학생의 진로와 연계하여 진행했었는데, 책 선정에 어려움을 겪는 학생들에게 '책 평가표'를 만들고 셀프 체크하는 방식을 권했더니 호응이 좋았다. 학생들을 데리고 서점에 직접 갈 수는 없으니 학교 도서관에서 실물 책을 보도록 하고, 학교 도서관에 구비되어 있지 않은 책들은 인터넷 서점에서 책을 검색해서 목차와 미리보기 기능을 활용하여 책을 평가하게 했다. 책을 읽은 사람들의 감상평도 몇 개 읽어볼 것을 권했다. 학생들이 책을 고른 후 책 평가표를 만들고, 최종 관문으로 교사인 나와 상담을 통해 읽을 책을 결정했다. 책을 직접 고르는 데 어려움을 겪는다면 책을 고르는 기준을 몇 가지 정하고 그에 맞게 책을 평가해 보자.

책을 고르는 나의 기준을 세웠다면 이제 서점 문을 열고 들어간 나는 조금 달라졌을 것이다. 책의 제목, 앞표지, 뒤표지, 목차, 작가의 말, 프롤로그 등을 읽으면 책에 대해 대략 파악할 수 있다. 책에 대한 정보가 더 필요하다면 스마트폰을 이용해 검색 엔진에 책 제목을 입력해 보자. 책에 대한 여러 후기가 있으니 그것을 참고하면 된다. 그러고 나서 내가 책을 고를 때 중요하게 생각하는 몇 가지 기준들을 고려해서 책을 고른다.

'읽는 사람'이 되고 싶다면, 좋은 책을 스스로 고를 수 있어야 한다. 잠깐 읽는 사람이 아니라 평생 읽는 사람이 되려면 나의 시각과 기준으로 좋은 책을 고를 줄 알아야 한다. 내가 읽고 싶고 필요로 하는 책이 무엇인지 차분히 생각해 보고 평소에 그 기준에 대해 고민하는 시간을 가지는 게 좋다. 초반에는 몇 번의 시행착오를 겪을 수도 있다. 하지만 내가 직접 책을 고르는 경험이 쌓이고 쌓이면 내가 원하는 책, 나에게 지금 필요한 책, 나와 잘 맞는 책을 찾을 수 있을 것이다.

좋은 책을 내 손에 넣기까지

좋은 책을 어떻게 구할 수 있을까? 먼저, '서점에 가는 것'이 가장 일반적인 방법이고 구미에 맞는 책을 바로 '구입'할 수 있다는 점에서 즉각적이고 고전적이다. 하지만 바쁜 현대인들이 모두 서점에 갈 수 있는 것은 아니다. 서점의 위치가 집이나 직장과는 지나치게 멀 수도 있고, 가깝지만 시간이 도무지 나지 않는 경우도 있다. 아이를 키우는 데 몰두했던 몇 년간은, 그리고 복직해서 집과 직장만을 오가며 빈틈없이 생활하는 나는 둘 다에 해당되었기 때문에 서점에 가는 것은 사치였다. 이런 상황에서 내가 선택했던 방법은 여러 가지가 있다.

상호대차 서비스, 책이음 서비스

동네 도서관의 '상호대차 서비스'를 이용하는 것이었다. 상호 대차 서비스는 지역 내의 다른 도서관에 있는 책을 빌릴 수 있는 서비스이다. 유모차를 끌고 가볍게 다녀올 수 있는 가까운 곳에 초등학교 옆에 있는 아담한 도서관이 있다. 규모가 작아 소장하고 있는 책도 많지 않은 편이다. 서가를 쓱 둘러보았을 때 직접 실물을 볼 수 있는 책이 많지 않아서 살짝 실망한 것도 사실이다. 하지만 그렇다고 해서 내가 원하는 책을 구하는 데에는 전혀 문제가 되지 않았고 아쉬워할 필요도 없었다. 도서관의 '상호대차 프로그램'이 있었기 때문이다. 내가 읽고 싶은 책을 골라 미리 신청만 하면 인근 도서관에서 원하는 책을 공수해서 내가 자주 이용하는 도서관의 예약 선반에 책을 딱 놓아주는, 말하자면 도서관끼리 '품앗이'를 하는 훌륭한 시스템이 있었던 것이다.

실물책을 먼저 훑어보는 과정을 거치지 못한다는 것, 홈페이지에 접속해서 회원 가입을 한 후 로그인을 하고 상호 대차를 신청해야 하는 조금 번거로운 과정을 거쳐야 하기는 하지만, 며칠만 기다리면 내가 원하는 책들을 무료로 읽을 수 있다는 사실을 알고는 나는 매우 설렜다. 상호대차 서비스를 알고부터는 부지런히 그 서비스를 이용했다. 원하는 책을 일단 찾고 관내의 어떤 도서관에 그 책이 있는지 검색한 후 상호 대차 신청을 하고 며칠이 지나면 집 근처 도서관에 책이 도착해 있었다. 매일같이 아이들을 키우느라 바쁘게 지냈던 그 시기에 상호대차 서비스는 나에게 생명수와 같았다. 목마름을 해소해 주는, 벌컥벌컥 마시고 싶은, 나를 살리는 생명수 말이다.

조금 더 범위를 넓히면 '책이음 서비스'도 있다. 책이음 서비스는 지역 내 도서관에서 책을 서로 대출해 주는 상호 대차 서비스보다 범위가 큰 전국 단위 서비스이다. 책이음 회원이 되면 책이음 서비스에 참여하고 있는 전국의 도서관에서 도서 대출이 가능하다. 회원 카드를 발급받기만 하면 살고 있는 지역에 상관없이 책이음 서비스에 가입된 도서관의 도서를 대출할 수 있다. 웬만한 책들은 관내 도서관의 상호대차 서비스를 이용하면 거의 구할 수 있지만, 정말 원하는 책을 구하지 못해 발을 동동 구를 때 이 서비스를 이용하면 도움이 될 것 같다. 또 다른 지역으로 여행을 가서 그 지역 도서관을 이용하게 된다면 더욱 유용할 것이다.

희망 도서 신청하기

각 도서관 홈페이지에 보면 '희망도서 신청하기'나 '신간도서 신청하기' 코너가 있다. 읽고 싶은 책이 도서관에 구비되어 있지 않을 때에는 도서관 홈페이지에 접속해서 회원가입을 한 후 희망도서를 신청하면 된다. 도서관이 있는 지역의 거주자라면 누구나 신청할 수 있다. 한 사람당 한 달에 세 권 정도로의 책을 신청할 수 있고, 희망 도서가 구입되어 대출할 수 있게 되면 가장 먼저 대출할 수 있다. 도서관에 구비되어 있는 책만 볼 수 있는 게 아니라, 구비되어 있지 않은 책을 직접 신청할 수 있다는 사실, 그리고 그 책의 첫 번째 독자가 될 수 있다는 사실은 무척 설레는 일이다.

책을 신청하기 전에는 신청할 책이 이미 해당도서관에 있지는 않은지 미리 검색해 보는 것이 좋다. 기대감을 가지고 신청했는데 이미 도서관에 있는 책이어서 신청이 받아들여지지 않는다면 그것보다 아쉬운 일은 없을 것이다. 도서관의 방침에 따라 제한하는 도서가 있을 수 있고, 희망 도서를 신청하는 절차가 다를 수 있으니 반드시 먼저 도서관에 문의를 하거나 홈페이지를 통해 정확한 정보를 확인하는 것은 필수다.

내 경우 육아 휴직을 했을 때에는 도서 구독 서비스나 이북, 지역 도서관의 여러 서비스를 이용했고, 복직을 한 이후에는 학교 도서관을 쉽게 이용할 수 있어서 책을 구하는 것에 대한 갈증을 어느정도 해소할 수 있었다. 신간 도서를 신청하는 시기가 오면 읽고 싶었던 책들의 목록을 꼼꼼하게 정리해서 신청한 덕분에 원하는 책들을 읽을 수 있었다. 그래서일까. 도서관은 내가 책을 읽겠다는 마음을 가지고 있으면 언제든지 도움을 줄 준비가 되어 있는 공간이라는 느낌을 받고는 한다. '아낌없이 주는 나무'처럼 언제든지 자신을 내어주는 따뜻한 공간. 읽고 싶은 책이 있지만 구하기 어려울 때에는 주저하지 말고 도서관의 문을 두드려보면 좋겠다.

전자 도서관

각 지자체에서 운영하는 '전자 도서관'에서 전자책을 대출하는 방법도 있다. 책 구독 서비스에 가입하거나 이북을 구입해서 전자책을 보는 방법은 많은 사람들이 알고 있지만, 지역 도서관과 연계해서 무료로 전자책을 대출하는 방법이 있다는 것은 의외로 많은 사람들이 알지 못한다. 정기적으로 전자책을 구독하거나 이북을 구입하기가 부담스럽고, 가끔 한두 권 정도의 책을 전자책으로 읽어야 할 상황이 생긴다면 지역 도서관에서 운영하는 전자 도서관에 접속해 보자.

김애란 작가의 소설을 원작으로 한 연극을 본 적이 있다. 왠지 극장이 있을 것 같지 않은 곳, 도심 한가운데 위치한 허름한 건물의 어두운 지하에 자리 잡은 소극장에서 김애란 작가의 글들이 살아 움직이는 공연이 펼쳐졌다. 극이 끝나고 여운이 떠나지 않아 원작을 다시 한번 보고 싶어 책을 구하기 위해 나섰다. 읽은 적이 있는 책이어서 선뜻 구입하기는 망설여지고, 연극의 감흥이 사라지기 전에 빨리 원작의 내용을 눈으로 확인하고 싶은 마음뿐이었다. 내가 연극에서 느꼈던 먹먹함을, 소설에서 작가는 어떤 문장으로 표현했을지 궁금했다. 무대에서 공연하는 인물들의 말과 행동이 글에서는 어떻게 묘사되었을지 알고 싶었다.

당장 오프라인으로 움직이지 않아도 온라인으로 책을 구할 수 있는 방법을 떠올렸고, 지역에서 운영하는 전자 도서관에서 책을 한번 찾아보자는 데까지 생각이 미쳤다. 먼저 내가 살고 있는 OO구에서 운영하는 전자 도서관에 접속해서 책을 찾아보았지만, 그 책을 전자책으로 제공하고 있지 않았다. 이번에는 검색의 범위를 시 단위로 넓혀 '서울도서관' 홈페이지에 회원 가입을 하고 전자 도서관에서 검색을 해봤더니 빙고! 그 책을 드디어 볼 수 있었다. 손품을 조금 팔기는 했지만, 원하는 책을 얻기 위해 온 동네를 돌아다니곤 했던 수고로움에는 비할 바가 없다.

지자체에서 운영하는 전자 도서관을 이용하기 위해서는 지자체 홈페이지나 도서관 홈페이지를 통해 회원 가입을 하는 것이 우선이다. 가입을 마쳤다면 전자 도서관 어플을 설치하고, 어플에서 자신이 가입한 도서관을 찾아 로그인한 후 책을 대출하면 된다. 전자 도서관은 무료로 이용할 수 있다는 점이 가장 좋고, 대출 기간 내에 연장도 정해진 횟수만큼 할 수 있어서 편리하다. 대출 기간이 지나면 자동으로 반납 처리되고, 대출 중인 전자책을 예약한 이후, 내 차례가 되면 자동으로 예약해둔 책이 대출되는 점도 좋다.

무언가를 읽고 싶다고 마음을 먹었다면 절반은 되었다. 원하는 책을 내 손에 얻을 수 있는 방법은 이렇게 다양하다. 아이를 키우느라 바빠서, 혹은 나갈 수가 없어서, 회사 일이 바빠서, 서점이 멀어서 책을 사거나 빌리는 게 쉽지 않을 수 있다. 하지만 일단 마음을 먹었다는 그 사실이 중요하다. 이젠 조금만 노력한다면 어떻게든 원하는 책을 만날 수 있을 것이다.

책 정기 구독 서비스

'책 정기 구독 서비스'를 이용하는 방법도 있다. '구독 서비스'는 정기 결제를 하면 정해진 기간 동안 서비스를 제공하는 것이다. 요즘은 바야흐로 '구독'의 시대다. 영화도, 드라마도 OTT 플랫폼을 통해 구독하고, 더 나아가 신선한 꽃이나 좋아하는 술까지도 소정의 금액만 지불하면 주기적으로 집까지 배달받을 수 있는 시대다. 코로나19 바이러스가 전 세계에 퍼지면서 비대면 서비스에 대한 요구가 커지고, 많은 사람들이 지속적으로 필요한 용품이나 서비스들을 편리하게 공급받을 수 있는 '구독 서비스'를 사용하게 된 것이 그 배경이다.

책의 경우도 여러 가지 구독 서비스가 선보이고 있어서 독서에 대한 접근성이 높아지고 있다. 나도 책 정기 구독 서비스를 이용할 기회가 생기면서 접해 보았는데, 말 그대로 신세계였다. 일단 매달 정해진 금액만 지불하면 발품과 손품을 팔지 않아도 원하는 책을 얼마든지 읽을 수 있다는 점이 정말 편리했다. 나는 전자책 구독 서비스를 선택했는데, 종이책을 읽을 때 책장을 넘기면서 느끼는 촉감과 바스락거리는 소리를 듣는 감각은 포기할 수 없을 만큼 소중하지만, 전자책을 이용하면서 힘들게 장소를 이동하지 않아도 되고 앉은자리에서 원하는 책을 클릭 한 번으로 읽을 수 있다는 것이 큰 장점이다. 서비스 초기에는 책들의 종류나 권수가 한정적이어서 읽고 싶은 책을 손에 넣기 어려울 때가 종종 있었지만, 최근에는 신간을 꾸준히 들여오고 있고 다양한 분야의 책들을 구비하고 있어서 자주 이용하고 있다.

전자책의 경우 무게의 부담이 없으니 여러 권의 책을 '내 서재'에 담아 놓고 수시로 읽을 수 있고, 다른 사람들의 감상평도 볼 수 있어서 독서의 흥미와 재미를 높여주는 효과도 있다. 서비스에 따라서는 '오디오북'을 제공하기도 하는데 읽기를 넘어서 다른 형태의 독서를 경험해보고 싶다면 이용해 보는 것도 좋을 것 같다. 오디오북의 장점은 책을 눈으로 '읽는' 것이 아니라 '들을' 수 있기 때문에 장소에 구애를 받지 않는다는 점이다. 출근할 때 운전하면서도 들을 수 있고, 아이를 돌보거나 집에서 설거지를 할 때에도 틀어 놓을 수 있다. 최근 비교적 가볍게 읽을 수 있는 육아서 한 권을 골라 오디오북으로 읽어 보았다. 눈과 손이 자유롭지 않을 때 오디오북으로 책을 '들으니' 시간을 그야말로 '알차게' 쓸 수 있었다.

뿐만 아니라 매달 집으로 책을 배달해 주는 정기 구독 서비스도 있다. 책방지기가 매달 세네 권 정도를 큐레이션한 다음 택배로 보내준다. 종이책을 읽는 것은 포기할 수 없고, 책을 고르고 구하는 데 시간과 에너지를 쏟을 여력이 없는 사람들에게 딱 좋은 서비스이다. 뿐만 아니라 지역 도서관에서는 종종 개인의 관심사와 취향을 반영해 사서가 직접 고른 책을 택배로 배송해 주는 서비스를 하기도 한다. 많은 사람들이 바쁘게 살아가면서도 책을 읽고 싶어 하고, 책 읽을 여력이 없어서 안타까워한다. 직접 서점이나 도서관에 가지 않아도 좋은 책을 전문가가 골라 집까지 배송해 주는 서비스는 현대인들의 책에 대한 갈증을 해소해 줄 수 있을 것이다.

　점점 다양한 책 구독 서비스들이 등장하고 있다. 서비스별로 전자책, 종이책, 오디오북 등 제공하는 방식도 다르고 구독하는 방법도 다르니 내 독서의 결과 맞는 방식인지 잘 살펴보고 선택하는 것이 좋다. 그러면 책이 '없어서' 못 읽는 일은 없을 것이다. 최근에는 온라인 서점에서 책을 사거나 특정 사이트에서 물건을 샀을 때 책 구독 서비스 이용권을 무료로 제공해 주기도 하니, 자신에게 가장 잘 맞는 서비스를 찾아 적절하게 이용하면 책을 항상 가까이하는 데 도움이 될 것이다.

제 2 부

키친 테이블에서
책 읽기

키친 테이블 독서 실전

◇◇◇

메모하며 읽기의 중요성

서점에서 책을 샀든, 도서관에서 책을 빌렸든, 지인에게 책을 선물 받았든 간에 아직 읽지 못한 책들이 책꽂이 한 칸을 차지하여 마치 인테리어 소품처럼 벽면을 장식하고 있는 경험이 누구나 한 번쯤은 있을 것이다. 사실 독서는 진입장벽이 다소 높은 취미 생활 중 하나이다. 일단 책장을 여는 그 순간부터 책과 나는 일 대 일로 마주한다. 누가 대신해서 내 앞에 놓여 있는 책을 읽어줄 수 없고, 온전히 나의 힘으로 책을 읽어야만 한다. 그래서 책을 읽어내기 위해서는 약간의 각오와 의지가 필요하다. 그리고 글을 읽는 능력과 재주도 있어야 한다. 만약 책을 보면서 잠이 쏟아진다면 잠을 이겨

낼 수 있는 전투력까지 갖춰야 한다. 이런 의미에서 독서는 어찌 보면 '도전의 영역'이다.

좋은 책은 이미 손에 넣었다. 그렇다면 이제 그 책을 어떻게 읽어야 하는 걸까? 책 읽기가 좋다는 것은 알겠지만, 도전할 때마다 어려움을 느끼고 실패한다면 '읽기 방법'을 모르는 것은 아닌지 자신의 읽기 습관을 한번 점검해 볼 필요가 있다. 효율적인 읽기 방법을 알지 못한다면, 혹은 알아도 활용하지 못한다면 몇 천 권의 책을 읽는다 해도 정작 읽었다는 기분을 느끼지 못할 것이다.

나는 책을 읽을 때 가장 유용하게 활용할 수 있는 읽기 방법으로 '메모하며 읽기'를 추천한다. 책을 읽기 전에 따뜻한 차 한 잔과 좋아하는 질감의 종이, 연필 한 자루를 준비한다. 욕심을 부리지 말고 책장을 넘기며 가슴에 새기고 싶은 단어, 마음을 울리는 문장 등을 직접 종이에 끼적이며 적어본다. 별것 아닌 것 같다고 생각할 수 있겠지만, 눈으로만 글자를 따라 읽을 때의 독서와는 무언가가 다르다는 것을 느낄 수 있을 것이다. 아무것도 적지 않고 글자를 눈으로만 따라가는 방식의 독서를 할 때에도 집중이 잘 된다면 더할 나위 없이 좋겠지만, 읽기에 익숙하지 않은 사람들은 그렇게 했을 때 눈으로는 열심히 글자를 따라고 있지만 머리로는 내용이 이해가 되지 않아 독서에 어려움을 겪을 수 있다. 책에서 읽은 구절들을 종이에 천천히 기록해 보자. 책장을 넘기고 연필을 매만지는 손의 촉감과 서걱대는 연필의 소리까지, 이처럼 독서에는 여러 가지 감각이 동원된다. (나는 개인적으로 연필이 종이에 닿으며 내는 그 느낌을 매우 사랑한다.) 이렇듯 든든한 감각의 지원군들은 나로 하여금 독서를 멈추지 않게 해 주며, 책을 메우고 있는 텍스트들에 보다 가까이 다가갈 수 있도록 도와준다. 종이에 천천히 썼을 뿐인데, (전문적인 용어로 '필사'라고 한다.) 한 글자 한 글자에 담긴 글의 의미들을 보다 깊이 음미할 수 있게 된다.

메모하면서 책을 읽을 때의 장점은 쉽게 휘발되어 버리는 책에 대한 기억을 붙잡아 주고, 더 오래 책의 내용을 기억할 수 있게 해 준다는 것이다. 비교적 최근에 읽은 책인데도 지인이 '이 책 무슨 내용이에요?'라고 물었을 때 술술 답을 하는 게 어려울 때가 있다. 메모하면서 읽게 되면 이런 상황을 예방할 수 있다. 심리학자 에빙하우스에 따르면 인간은 어떤 것을 익히고 20분이 지났을 때 그 내용을 기억할 확률은 58%까지 떨어진다고 한다. 하지만 읽은 내용을 머금고 꾹꾹 눌러쓰면 책의 내용을 보다 오래 기억할 수 있다. 책을 읽는 이유는 단순히 읽는 즐거움을 느끼기 위한 것도 있지만, 책에 대한 기억들을 바탕으로 내 지식의 저변을 확대하기 위한 것도 있다. 책의 내용들을 메모하며 읽게 되면 애써 읽은 책의 내용들이 잊히지 않고 내 지식의 저변을 채워주는 양분이 될 수 있을 것이다.

예로부터 선인들은 학문을 익히기 위해 소리 내서 읽고 책에 쓰인 문구를 붓글씨로 따라 쓰며 독서를 했다. 눈으로 한번 책을 읽고, 머리에 자리 잡은 생각과 느낌을 더해 붓글씨로 한 글자씩 적으면 나와 동떨어져 있던 책의 세계가 점점 자신에게 다가오는 것을 느낄 수 있었을 것이다. 정약용의 〈유배지에서 보낸 편지〉에는 '초서'라는 독서법이 나온다. '초서'는 책에서 중요한 내용을 추려 '옮겨 쓰는' 것이다. 그는 아들들에게 책을 읽으며 의미 있는 부분을 추리고, 더 필요한 내용이 있으면 별도로 책을 만들어 좋은 것이 있을 때마다 기록하라고 조언했다. 우리도 책을 읽었다면 책 속의 단어와 문장을 지나치지 말지 말고 기록해 보자. 마음에 닿는 부분, 기억하고 싶은 구절을 펴 놓고 나의 감각을 동원해서 옮겨 써 보자.

사실 크고 편안한 의자에 기대어 앉아 책장을 넘기는 독서가 겉으로 보았을 때 가장 '우아'하긴 하다. 만약 내 일상이 육아나 직장 생활로 인해 너무 피폐해져서 독서 행위를 통해 잠시 우아해지고 싶다면 우아한 독서도 나쁘지 않은 선택이다. 또 잠시 쉬어가고 싶을 때 편안하게 휴식하며 책을 읽고 싶을 때도 마찬가지이다. 하지만 조금 더 몰입해서 책을 읽고 싶다면 독서 방법은 달라져야 한다. 책을 읽을 때 연필이나 펜도 함께 준비해 보자. 펜은 있는데 종이가 없어서 허전하면 옆에 있는 어떤 종이라도 꺼내서 끼적이며 읽어 보자. 책을 읽으면서 의미 있게 다가온 단어와 문장들을 꾹꾹 눌러쓰며 언어 자체의 아름다움과 글의 의미에 대해 느껴 보자. 읽고, 그리고 쓰고, 다시 한번 생각하는 독서를 위해, 조금 더 깊이 있는 독서를 위해 '메모하며 읽기' 방법을 권한다.

　만약 매번 종이를 구해서 메모를 하는 게 불편하다면 태블릿 PC와 전자펜을 구비한 다음, '메모 어플'을 사용하는 것도 좋다. 나도 최근 이 방법을 많이 사용하고 있다. 종이에 기록하는 것보다는 필기감이 떨어지기는 하지만 원하는 펜과 굵기를 선택해서 쓸 수 있고, 잘못된 내용이 있으면 수정이 쉬워서 편리하다. 휴대성이 좋고 기록한 종이를 분실할 위험이 없다는 것도 장점이다. 메모한 내용들을 하나의 폴더에 모아 놓고 독서 기록장으로 활용할 수도 있으니 더욱 유용하다. 종이와 연필을 사용할 때만 느낄 수 있는 그 감각이 그래도 아쉽다면 태블릿 화면에 종이 질감 재질의 필름을 붙이는 것도 방법이 될 수 있다.

　그런데 '메모하며 읽기'는 단순히 책에 등장한 단어나 문장을 따라 쓰는 것에 그치는 것일까? 앞서 언급했듯이 필사는 좋은 습관이고 그 효과는 널리 알려진 바 있다. 하지만 보다 깊이 있는 독서, 능동적인 독서를 하기 위해서는 책의 구절을 그대로 옮겨 적는 것에서 조금 더 나아가야 한다. 책의 내용을 소화시켜 나의 것으로 만들기 위한 읽기로 나아가야 하는 것이다. 이를 위해서는 글을 읽고 '구조도'를 그려 내용을 시각적으로 정리하면 책의 내용을 '정확하게' 이해하는 데 도움이 많이 된다. 그리고 '추론적 사고'와 '비판적 사고'를 동원해서 문장과 문장의 틈으로 들어가 보는 것도 좋다. 책에 제시된 사실을 통해 독자 스스로 새로운 사실을 이끌어 냈다면(추론적 사고) 그것을 적어 놓고, 책을 읽으며 비판할 만한 점이나 평가(비판적 사고)를 적어 놓는 것도 좋다. 이렇게 내가 책을 읽으며 읽고 쓴 것들은 독서 후 책에 관한 글을 쓸 때 글감으로 활용할 수 있어 일석이조이다.

이런 책들은 이렇게

도서관이나 서점에 가 보면 수많은 책들이 성격에 따라 분류되어 있는 것을 볼 수 있다. 책은 겉으로 보았을 때는 비슷비슷해 보이지만 실제로 책이 담고 있는 내용이나 형식에 따라 결이 다르다. 글은 크게는 문학과 비문학으로 나뉘고, 문학에는 시, 소설, 수필, 희곡 등이 있다. 비문학에는 주로 특정인의 주장을 담은 글이나 화제에 대한 정보를 드러내고 설명하는 글 등이 있다. 이처럼 책의 성격이 책마다 다르다면 책을 읽는 방법도 달라져야 하지 않을까? 책의 성격은 전혀 고려하지 않고 매번 같은 읽기 방법으로 책을 읽는다면, 책이 전달하려는 참맛과 깊이를 충분히 이해할 수 없고 결과적으로 독서 능률이 떨어질 수밖에 없다. 그러므로 책을 읽을 때에는 책의 성격을 고려해서 읽어야 한다. 이어질 내용에서는 문학 중에서도 특히 많은 사람들이 선호하는 갈래인 소설과 수필을 읽는 방법을 소개하려 한다. 그리고 비문학 읽기에 어려움을 느끼는 분들을 위해 읽기 방법과 몇 가지 팁을 전달하려 한다.

소설의 매력에 풍덩 빠져보기

사람은 대부분 자신이 경험하고 있는 세계를 중심으로 사유한다. 내가 아이들을 키울 때 내 생각을 지배했던 대부분은 육아와 관련된 것이었다. 아이가 발달 단계에 맞게 잘 성장하고 있는지, 아이에게 필요한 물건은 없는지, 아이에게 어떤 음식을 해줘야 할지 등 아이에게 모든 초점이 맞춰져 있었다. 그렇게 정신없이 아이들을 바라보며 살다가 불현듯 답답하다는 기분이 들었다. 세상은 넓고, 그 세상에는 정말 다양한 사람들의 삶이 펼쳐져 있는데 내 세계만 유독 작은 원 안에 갇혀 있는 것만 같았다. 소설은 그런 나에게 시공간을 넘어 날아갈 수 있도록 날개를 달아주었다. 내가 살고 있는 시공간의 사람들이 아닌, 전혀 다른 세계의 사람들의 삶을 소설을 통해 대신 살아볼 수 있게 해 주었다. 나는 소설을 읽으며 소설 속에 존재하는 사람들을 마음을 다해 이해해 보았고, 때로는 그들을 미워하고 슬퍼하고 감동하고 분노했다. 그러면서 나의 세계를 조금씩 넓혀 갔다. 작가가 만들어낸 진짜와 닮은 세계에서 살아가는 수많은 사람들의 이야기를 들어보고 싶다면 소설을 읽으면 된다. 소설은 다른 갈래의 책들에 비해 책장이 술술 넘어가기 때문에 비교적 진입장벽이 낮은 편이다. 책을 읽는 것에 어려움이나 부담을 느낀다면 가벼운 소설책을 읽는 것부터 시작해도 좋다.

인물 관계도 그리기

학창 시절 국어 시간에 '인물, 사건, 배경'이라는 소설의 3요소에 대해 배운 적이 있을 것이다. 누가(인물), 언제, 어디에서(배경) 무엇을 하는가(사건)는 소설을 구성하는 핵심 요소이다. 이 중에서도 가장 중요한 것이 '인물'이다. 어떤 가치관과 생각을 가진 인물이 서로 다른 삶을 살아온 어떤 인물을 만나 어떤 갈등을 겪고 그것을 해결하는가를 보여주는 것이 소설의 큰 줄기이기 때문이다. 그래서 소설 속 세계를 이해하기 위해서는 인물의 특성, 인물이 다른 인물과 맺고 있는 관계를 정확하게 이해하는 것이 기본이 된다. 단편 소설의 경우 몇몇 인물을 중심으로 이야기가 전개되어 인물 간의 관계를 이해하는 것이 수월하지만, 중·장편 소설의 경우 많은 인물들이 등장하고 그들의 관계 또한 얽히고설켜있어 소설을 읽다 보면 이야기의 흐름을 놓치는 경우가 있어 주의해야 한다.

최근 〈백 년의 고독〉이라는 책을 읽었다. 이 책은 콜롬비아 작가인 '가브리엘 마르케스'의 작품으로, 가상의 도시 마콘도를 배경으로 여러 세대에 걸쳐 부엔디아 가문에 일어나는 일들을 박진감 넘치게 보여주는 소설이다. 어느 매체에서 누군가가 이 책을 인생 책으로 소개하는 것을 보고 꼭 한 번 읽어봐야겠다고 생각했었던 책이다. 게다가 이 책은 세계적으로 사랑을 받아 37개의 언어로 번역되고 4,500만 부 이상 팔려서 노벨문학상까지 수상한 역작이라는 사실을 알고 나니 더욱 책을 읽고 싶은 마음이 커졌다.

하지만 책장을 펼치는 순간 맨 앞에 나오는 가계도를 보고 선뜻 겁을 먹었다. 가계도가 실려 있는 것을 보고 '대체 얼마나 많은 인물들이 등장하길래, 그리고 그 관계가 얼마나 복잡하길래 이렇게 가계도를 친절하게 실어준 걸까' 하는 생각이 들었다. 실제로 읽어보니 예측한 대로 수많은 인물들이 소설 속에 등장했고, 그들이 맺고 있는 관계가 복잡하기까지 했다. 자손에게 아버지나 할아버지가 썼던 이름을 물려주기도 하고, 때에 따라 인물들을 부르는 호칭이 달라지기도 했기 때문에, 읽으면서 복잡한 인물 관계를 이해하는 것이 쉽지 않았다. 예를 들어 호세 아르까디오의 아들이 '아르까디오'고, 그 쌍둥이 아들 중 한 명이 '호세 아르까디오 세군도'고, 다시 그의 아들이 '호세 아르까디오'다. 그렇지 않아도 이야기의 전개가 빠르고 등장하는 인물들이 많아 정신을 차릴 수 없는데, 수많은 '아르까디오'가 등장하니 인물 간의 관계를 정확하게 이해하는 것은 어려울 수밖에 없었다. 이렇게 독자를 시련에 빠뜨리는 책들을 만나게 되면 읽으면서 책에 대한 자신감이 급격히 줄어들게 된다. 책장을 몇 장 넘기다가 결국 포기하며 책장을 덮어버리고

마는 것이다.

나는 소설을 읽을 때 경험하게 되는 이러한 위기를 극복하기 위한, 혹은 예방하기 위한 읽기 방법으로 '인물 관계도'를 활용한다. 글을 읽으면서 인물 간의 관계를 머리에 떠올리고 기억하는 것은 인지적으로 부담이 되고, 그 관계가 복잡해질수록 그 관계를 모두 기억하는 것은 사실 어렵다. 그래서 책을 읽다가 다시 앞부분으로 돌아가 이 사람이 어떤 사람인지를 다시 찾아보게 되는데, 이는 책을 읽는 효율을 떨어뜨리는 일이다. 인물 관계도를 그려 인물 간의 관계를 시각적으로 나타내면 책을 읽으면서 우리가 져야 할 인지적 부담을 조금은 덜어낼 수 있게 되고, 작품을 보다 밀도 있고 빠르게 읽을 수 있게 된다.

먼저 책에 등장하는 인물에는 누가 있는지 차근차근 적어 보는 것이 인물 관계도의 시작이다. 그러고 나서 우리가 흔히 주인공이라고 말하는 '중심인물'의 이름을 쓰고 그 인물의 특성을 간략하게 기록한다. 중심인물을 시작으로 인물들이 맺고 있는 관계를 선으로 표현하며 점점 관계를 확장해 나간다. 갈등 관계에 있는 인물들은 반대 화살표로 표시해 놓으면 한눈에 보기 좋다. 너무 완벽하게 그리려고 애쓰기보다 내가 인물의 관계를 시각적으로 잘 이해하는 것에 초점을 두어야 한다. 몇 번 그리다 보면 나에게 제일 편한 방법을 찾을 수 있게 될 것이다. 인물 관계도를 그려 놓고 옆에 두고 읽다 보니 어느새 〈백 년의 고독〉을 무사히 완독할 수 있었다.

다음은 내가 소설을 읽으며 그린 인물 관계도들이다. 간단히 도식으로 표현하는 것만으로도 인물들이 맺고 있는 관계를 수월하게 파악할 수 있고 소설의 흐름을 놓치는 일이 없이 내용을 보다 쉽고 정확하게 이해할 수 있다.

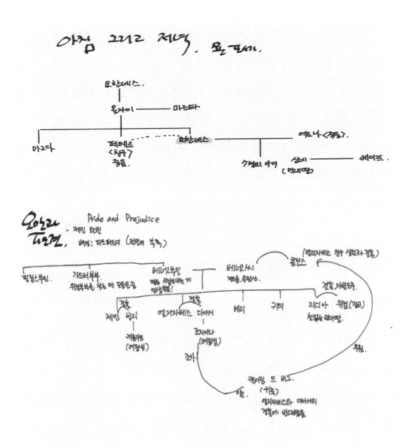

드라마를 처음부터 보지 못하고 중간쯤 보기 시작했을 때 함께 보던 친구에게 "저 사람은 누구야?", "저 사람은 그래서 저 사람이랑 어떤 관계라고?"라고 물었던 경험이 한 번쯤은 있을 것이다. 이렇게 다급하게 질문을 퍼붓는 이유는 인물이 어떤 인물인지, 어떤 성격인지, 다른 인물과 어떤 관계인지 얼른 파악하지 않으면 작품의 내용 자체를 이해할 수 없기 때문이다. 소설과 드라마는 인간의 갈등을 다룬다는 점에서 유사한 점이 많은데, 독자나 시청자 입장에서는 등장하는 인물들 사이의 관계를 제대로 이해하지 못하면 작품을 즐길 수 없다. 소설 속 세계의 문을 열고 들어간 순간에는 그 세계의 사람들을 이해하기 위해 최선을 다해 보자. 인물 관계도를 어떤 방식으로든 그려본 다음에 소설 속 사람들이 살고 있는 세상을 바라보면, 조금 더 그들의 삶이 선명하게 보일 것이다.

등장인물의 입장에서 생각해 보기

내가 소설을 읽는 가장 큰 이유는 '재미있다'는 것도 있지만, 다른 사람의 삶과 감정을 간접적으로 경험해 보기 위한 것이 가장 크다. 내가 살아가는 제한적이고 반복적인 세계에서 벗어나 다른 시대, 다른 곳에 살고 있는 누군가의 삶을 아무런 대가 없이 들여다보고, 그의 세계에 속한 채로 인물의 감정을 느껴보는 것이야 말로 소설의 진짜 매력이다. 그런 의미에서 소설을 가장 실감 나게 읽는 방법은 소설 속 인물의 삶에 진심으로 몰입하는 것이다. '내가 만약 그 인물이었으면 어떻게 생각하고 행동했을까?' '내가 만약 그 인물이었으면 어떤 감정이었을까?' 자신의 상황을 인물에 대입해 보는 이 물음들은 소설 읽기를 더욱 풍성하게 해 줄 것이다.

솔제니친의 〈이반 데니소비치, 수용소의 하루〉라는 작품은 작가가 스탈린 시대에 수용소에 갇혀 생활했던 경험을 담은 자전적 소설이다. 평범한 서민 '슈호프'가 극한의 추위와 배고픔, 노동에 시달리며 버티는 하루하루를 장면으로 보여준다. 이 소설은 그 '하루'의 기록이다. 이 '하루'를 삼천육백십삼일 반복하고 나서야, 슈호프는 수용소 밖으로 나올 수 있었다. 수용소 밖에서 아무리 좋은 차를 타고 다녔다고 해도, 쩌렁쩌렁한 목소리로 우렁차게 명령을 내렸던 해군 중령도 그저 수용소 죄인일 뿐이다. 번호로 불릴 뿐이며, 기계의 부품처럼 다른 사람의 눈에 띄지 않게 자신에게 주어진 시간을 그저 소모할 뿐이다. 언젠가는 수용소 밖으로 나갈 수 있는 그날을 기다리며 말이다.

이 소설을 읽으면서 나는 다음과 같은 질문들을 스스로에게 해 보았다. '나라면 그 슈호프와 같은 상황에서 같은 행동을 했을까?' '평범하게 살아가던 내가 갑자기 수용소에 갇히게 되어 저런 고난을 겪게 된다면 어떤 기분을 느꼈을까?' '내가 슈호프라면, 수용소에서 겪는 극한의 상황을 과연 내가 버텨낼 수 있었을까?'와 같은 질문들을 말이다. 이 질문을 통해 소설 속 세계에서 멀리 떨어져

'저들은 잔혹한 시대에서 저렇게 살았구나' 정도의 관찰자의 포지션에서 지켜보는 것에서 벗어나, 시공간을 넘어 직접 소설 속 세계로 들어가 등장인물의 감정을 느끼며 울고 웃어 보는 경험을 해 보는 것이다. 타인의 아픔은 직접 경험해 보지 않으면 알 수 없다. 소설에는 그들의 아픔이 속속들이 드러나 있다. 그들이 고통스러울 때 어떤 표정을 짓는지, 어떤 생각을 하는지, 어떤 감정을 느끼는지가 깊고 자세하게 나타나 있다. 나는 내가 던진 질문에 스스로 답을 해 보며 그들의 마음속으로 들어가 자리를 잡아 본다. 인물의 아픔에 진심으로 공감하고 연민을 느끼며 보다 '인간다워지는 것', 그것이 소설을 읽으면서 내가 보다 나은 사람이 될 수 있는 지점이다.

클레어 키건의 〈이처럼 사소한 것들〉이라는 소설에는 다음과 같은 이야기가 나온다. 석탄 자재상인 주인공 '펄롱'은 크라스마스를 맞이하여 수녀원에 배달을 갔다가 신발도 신지 않고 엎드린 채 바닥을 문지르는 아이들을 본다. 아이들은 애처로운 눈빛으로 펄롱을 바라보며 자신들을 다른 곳으로 보내달라고 부탁하지만 펄롱은 자리를 뜬다. 하지만 그 아이들에게서 과거 자신의 모습을 보았기 때문일까? 펄롱의 마음은 계속 무겁고 아이들이 계속 생각난다. 펄롱은 집으로 돌아와 아내 '에일린'에게 수녀원에서 본 아이들에 대해 말하지만 에일린은 "걔들은 우리 애들이 아니라고"라고 답하며 선을 긋는다. 펄롱과 에일린의 차이는 무엇일까? 바로 '공감'과

'연민'이다. 고통에 처한 누군가의 일을 '저건 나와 상관없는 일'로 치부하지 않고, 나와 연결 지어 생각하고 그들의 감정을 느끼고 이해하는 것이 바로 '공감'이고 '연민'이다. 나는 소설을 읽을 때 내가 '펄롱'과 같은 사람이 될 수 있기를 바라는 마음으로 책장을 넘긴다.

조세희의 〈난쟁이가 쏘아 올린 작은 공〉은 재개발 지역에 살고 있는 가난한 이들의 삶을 문학적으로 형상화하고 있는 작품이다. 1970년대에 산업화, 도시화가 일어나면서 많은 노동자들이 열악한 현실 속에서 밤낮없이 일했고 온당한 대우를 받지 못했다는 사실, 재개발이 진행되면서 삶의 터전을 잃은 사람들이 생겨났다는 사실들을 우리는 역사적 사실로 이미 알고 있다. 하지만 그 현실을 구체적이고 생생한 삶 자체로 경험한 사람들의 심정은 어땠는지, 우리는 사실을 단순 나열하는 데서 그친 역사적 진술만으로는 그들을 온전히 이해하기 어렵다. 하지만 소설을 통해서는 그들의 절망과 애환에 한층 더 가까이 다가갈 수 있다. '낙원구 행복동'에 살지만 낙원이 아닌 지옥에 살고 있는 인물들의 말과 행동을 통해, 죽어라 열심히 일했지만 성실성이 행복의 척도가 되지는 못했던 비극적인 삶이 읽는 사람들에게 고스란히 전달된다. 그리고 우리는 그들의 감정을 느낀다. '난쟁이'가 느꼈던 무력감에, 난쟁이의 딸인 '영희'가 가졌던 희망과 절망에 마음을 다해 '공감'하는 것이다.

나는 소설을 이러한 이유로 읽는다. 다른 세계에 사는 사람들을 조금 더 만나고 싶어서, 그들을 이해하고 공감하고 싶어서. 소설은 내가 겪어보지 못한 다양한 삶들을 만날 수 있게 해 준다. 소설은 나의 편협한 잣대로 누군가를 이해하지 않도록, 나의 세계를 확장하고 타인의 마음을 함께 느끼고 공감해 줄 수 있도록 나를 이끌어준다. 소설을 나와 다른 누군가의 이야기라고 생각하지 말고, 내 주변에 있는 누군가의 이야기라고 생각해 보면 어떨까. 그것이 가능하다면 소설이 조금 더 나에게 가까워지며 그들의 감정을 온전히 느낄 수 있을 것이다. 이렇게 읽다 보면 소설의 매력에 점점 더 빠져들 것이다.

에세이, 내 삶을 비추다

일정한 형식을 따르지 않고 인생이나 자연 또는 일상생활에서의 느낌이나 체험을 생각나는 대로 쓴 산문 형식의 글. 이것이 '에세이(essay)'의 사전적 정의이다. 지극히 개인적인 세계를 있는 그대로 드러내고 있기 때문에 에세이는 '투명한' 갈래라고 말할 수 있다. 보태거나 가공하지 않은 삶의 진실들이 가감 없이 글에 드러나 있다. 작가가 무엇을 경험했고, 무엇을 느꼈고, 그 과정에서 어떠한 태도와 자세를 취했는지가 상세하게 드러나 있고, 이를 통해 작가의 인생관이나 가치관까지도 알아볼 수 있다. 그런 점에서 에세이는 어찌 보면 가장 진솔한 문학의 한 갈래이다.

　그래서 나는 살아가다 막막하거나 힘이 들 때, 용기가 필요하거나 누군가에게 위로받고 싶은 순간에는 망설이지 않고 에세이를 읽는다. 다른 이의 경험과 성찰을 들여다보며 깨달음을 얻기도 하고, 자신에게 닥친 고난에도 돌파구를 찾아 극복하는 누군가의 서사를 바라보며 위로를 받기도 한다. 베일 뒤로 숨지 않고 글 속에 자신의 삶을 온전하게 풀어낸 에세이는 '진정성'이라는 강력한 힘을 가지고 있고, 그 힘은 나를 글 안으로 끌어들이며 안아 주는 것이다. 에세이를 읽다 보면 누군가와 마주 앉아 이야기를 나누는 것 같은 기분을 느낀다. 평소 우리가 사람을 대할 때를 생각해 보자. 잘 몰랐던 사람에 대해 막연하게 가졌던 생각들이 대화를 나누고 난 후 크게 달라진 경험을 해본 적이 있을 것이다. 처음에는 차갑고 다가가기 어려울 거라 생각했던 사람이, 대화를 나누어보니 의외로 따뜻하고 속 깊은 사람이라는 사실을 알게 되어서 마음을 열게 된 경험이 있지는 않은지? 에세이를 읽는 시간은 낯선 타인인 글쓴이가 스스로의 벽을 허물고 독자에게 가까이 다가오는 대화의 시간이라고 할수 있다. 그래서일까. 에세이 한 권을 읽고 나면 왠지 글쓴이가 마치 잘 아는 누군가가 된 것만 같은 기분을 느끼게 된다.

　그렇다면 에세이를 조금 더 가까이, 깊이 있게 읽을 수 있는 방법에는 어떤 것이 있을까?

작가와 대화하는 마음으로

에세이의 '나'는 곧 작가 자신을 의미한다. 소설의 '나'가 반드시 작가가 아니며, '서술자'라는 또 다른 인물일 수 있다는 것과 다른 지점이다. 그렇기에 에세이에서는 작가가 경험한 삶의 진실이 서술자를 거치지 않고 곧바로 읽는 이에게 전달된다. 그렇다면 이와 같은 직접적인 소통의 장에서 독자는 어떤 역할을 해야 할까? 독자는 그저 작가가 솔직하게 건넨 삶의 이야기에 마음의 문을 열고 대화에 참여하면 된다. 그런 의미에서 에세이를 읽는 시간은 만나고 싶던 누군가와 마주 앉아 따뜻한 차를 한 잔 마시며 그가 걸어온 길, 삶을 대하는 태도와 자세, 특별한 경험 등을 공유하는 시간이라고 할 수 있다.

박완서 작가의 에세이를 예로 들어 보자. 그녀의 소설들에는 자전적 경험을 바탕으로 한 작품들이 많다. 〈나목〉, 〈그 많던 싱아는 누가 다 먹었을까〉 등 평소 그녀의 소설들을 읽으며, 소설 속 이야기들이 어떤 경험을 바탕으로 하고 있는지 궁금함을 느꼈었다. 전쟁으로 인한 상처, 전통적 사회에서 현대적 사회로 이행하는 과정에서 생기는 혼란과 극복, 여성으로서의 정체성과 고민 등 작품에 담긴 수많은 이야기들은 과연 실제의 삶을 어느 정도 반영하고 있는지 알고 싶었다. 그녀의 에세이를 읽고 나니, 궁금증에 대한 답을 찾을 수 있었다.

〈모래알만 한 진실이라도〉는 박완서 작가가 생전에 쓴 산문들을 모아 놓은 수필집이다. 작가가 평생을 살아오며 경험하고 느낀 것들이 글 속에 차곡차곡 담겨 있다. 어린 시절 개성으로 수학여행을 갔을 때 송편을 싸서 먼 길을 걸어 온 할머니의 정성과 사랑을 부끄러운 마음에 외면했던 기억, 아들을 잃고 세상이 무너진 듯한 절망을 느꼈던 경험, 외손주와 함께 시간을 보내며 느꼈던 내리사랑과 애틋함, 남편을 먼저 떠나 보낸 후 느낀 안타까움과 회한에 이르기까지. 작가는 삶의 순간을 생생하게 글로 그리고, 그때 느꼈던 감정들을 진솔하고 아름다운 언어로 표현했다.

글을 읽으며 내가 마치 그녀의 삶 속 일부가 된 것 같은 일체감을 느끼고, 등장하는 장면마다 작가가 느끼는 기쁨과 슬픔을 동일하게 느낄 수 있었던 것은 그 글들이 '진실'을 담고 있다는 믿음 때문이었다. 또한 나도 그녀와 마찬가지로 관계와 무관하게 개별적으로 존재하는 '나'가 아니라, 누군가의 어머니이자 딸이며, 누군가의 아내라는 관계에 '속한' 존재라는 사실이 떠올랐기 때문이다. 많은 사람들은 '누군가의 무엇'으로 살아가며 기억의 조각들을 마음에 켜켜이 쌓아 올리며 살아간다. 그들은 작가가 솔직하게 드러낸 삶에 대한 고백을 바라보며 자신의 삶을 그 누구의 것보다 의미 있는 것으로 느끼게 된다. 작가가 예리한 시선으로 포착한 일상의 장면들은 우리가 표현하고 싶어도 미처 표현하지 못했던 삶의 진실을 구체적으로 드러내며 커다란 울림을 준다. 작가가 솔직하게 전한 말들을 들으면 마음 한구석이 뭉클한 감정으로 가득 차오른다. 우리는 작가가 꾸밈없이 전하는 삶의 진실을 고마운 마음을 담아 이해하면 될 것이다.

어린 시절 하루하루 네모 반듯한 칸을 빼곡하게 채운 일기장이 있다. 몇 권 짜리 일기를 단단하게 엮어 놓은 일기장은 '국민학생' 시절 내 생각을 있는 그대로 담아내고 있는 소중한 기록이다. 하루는 친정집에 갔다가 첫째 아이와 남편이 내 일기를 펼쳐든 채 정독을 하고 있었다. 어린 시절 내가 했던 생각들이 재미있었는지 소리 내어 읽기까지 했는데, 나중에는 이내 듣기가 민망해 그만 읽으라고 한 적이 있다. 열 살 쯤 되었을 무렵 동생에게 느꼈던 사랑과 미움, 생일 파티가 하루 늦어져서 느꼈던 서운함 등 어린 아이가 느낄 법한 감정들을 구구절절 써 놓았을 뿐인데 그것도 다른 이에게 내보이기가 망설여졌던 것이다.

그런 이유로 에세이를 쓰는 작가들에게 고마움을 느낀다. 아무리 잘 쓴 글이라도 글 뒤에 숨어 자신의 속내를 드러내지 않으면 그 글은 왠지 생기가 없다. 하지만 수많은 에세이들은 글 속에서 남들에게 뽐내고 싶은 순간만을 글로 박제하지 않고, 마음 한구석에서 볕을 받지 못하고 있는 어두컴컴한 부분까지 비추어 독자에게 전한다. 대화할 때 누군가가 자신을 완전하게 드러내지 않고 무언가를 감추고 있다는 생각이 들면, 나도 덩달아 스스로를 완전히 드러내는 것에 머뭇거리게 되지는 않는가? 에세이를 읽는 시간은 가면을 벗어던진 채 글 속에서 자신이 경험한 삶의 진실을 드러내고 있는 작가와 마주 앉아 대화를 나누는 시간이다. 이런 대화의 시간에 마주 앉은 사람이 어떤 태도를 취해야 하는지 우리는 이미 잘 알고 있다. 판단하고 평가하기보다는 마음을 열고 그의 이야기를 들어주는 것이다.

경험해보지 않은, 인생의 교과서

글쓴이가 경험한 모든 것은 에세이의 소재가 될 수 있다. 그리하여 세상에는 수많은 경험을 담아낸 에세이들이 있다. 나는 이 글들을 읽으면서 나와 다양한 직업, 종교를 가진 사람들의 이야기에 귀를 기울이고 그들로부터 삶의 자세를 배운다.

예를 들어 힘든 상황에서도 좌절하지 않고 어떻게든 삶을 희망의 방향으로 끌어올리는 '극복의 이야기'들을 많은 사람들의 에세이에서 찾아볼 수 있다. 이뿐만이 아니다. 사회적으로 엄청난 부와 명예를 얻고 성공한 사람이 쓴 에세이에서는 그가 그 자리에 오르기까지 노력하는 과정, 고민이 드러나 있고, 그 자리에 서 있는 지금 어떤 생각을 하고 있는지도 구체적으로 쓰여 있다. 그들의 삶은 나에게 많은 영감을 준다. 삶을 대하는 태도와 자세가 어떠해야 하는지, 나는 어떤 방향으로 걸어가야 하는지 의문이 생길 때에 길을 제시해 주곤 한다. 그렇기 때문에 에세이를 읽을 때에는 나와 무관한 타인의 이야기로만 받아들이는 데 그치지 말고, 나의 삶과의 접점을 찾아 보고 글쓴이의 삶에서 배울 만한 점이 있는지 찾아 보는 것도 좋다.

나는 신영복의 〈감옥으로부터의 사색〉을 읽으며 글쓴이가 삶을 대하는 태도와 자세에 대해 많은 것을 배웠다. 이 책은 1968년 통일혁명당 사건으로 구속되어 무기징역형을 선고받고 이십 년 만에 가석방으로 출소한 신영복 선생의 옥중 서간문이다. 이 책을 읽으면서 나는 '이십 년'이라는 시간의 무게와 '감옥'이라는 공간의 무게가 너무나 무겁게 느껴졌다. 일 년도, 이 년도 아닌 '이십 년'이라는 시간이 결코 짧은 시간이 아니라는 사실을 잘 알고 있다. 가고 싶은 곳으로 갈 수도 없고, 만나고 싶은 사람을 자유롭게 만날 수도 없는 '감옥'이라는 공간이 얼마나 답답한 공간일까. 이 책의 페이지를 빠른 속도로 넘겨버릴 수 없었던 것은 바로 그 때문이었다. 하지만 글을 읽는 내내 놀라웠던 점은 그가 그러한 삶 속에서도 자신의 처지에 대해 비관하거나 원망하기보다는, 다른 사람과의 연대 그리고 인간애에 오히려 더 높은 가치를 부여하고 그것을 추구하며 살아가고 있다는 것이었다.

또한 아버지, 어머니, 계수님, 형수님 등 가족들과 서간문을 통해 끊임없이 소통하고 서로 염려하며 연민하며, 비록 멀리 떨어져 있지만 분명한 가족 구성원으로서 서로를 토닥이고 있는 장면도 아름다웠다. 한 해가 끝날 무렵, 지난 시간을 돌아보며 정갈한 마음으로 다가올 새해를 맞이하는 장면, 옥중에서 매 계절 바뀌는 계절 풍경을 바라보는 장면이 나오는데, 이 장면을 읽을 때에는 옥중에서의 해맞이가 스무 번이나 반복되었다는 사실에 안타까움을 느꼈다. 나로서는 너무 짊어지기 힘든 무게이다. 그럼에도 불구하고 글 속에서 보이는 그의 내면은 너무나 맑고 안정되어 있어, 경외감이 느껴질 정도였다.

오랜 수감 생활 속에서도 좌절하지 않는 용기, 공동체적인 삶의 자세와 한결같은 태도를 그는 가지고 있었다. 원망이나 분노와 같은 날카로운 감정보다는 이해와 포용이라는 부드러움을 지니고 있었다. 이런 그의 모습을 바라보며 많이 배우고 스스로의 삶을 돌아보게 되었다. 에세이는 이렇듯 '나'를 돌아볼 수 있게 해 준다. 책을 읽으며 내 마음에 울림을 주는 문장을 찾아 보자. 스스로를 성찰할 수 있게 하고 나아가 변화하게 해 줄 힘이 있는 문장들에 밑줄을 긋고 꾹꾹 눌러 적어보자. 읽으면서 한 번 생각하고, 쓰면서 다시 생각하게 된다.

이 밖에도 에세이 속에 담긴 수많은 인생들은 나에게 많은 가르침을 준다. 천종호 판사의 〈내가 만난 소년에 대하여〉를 읽고 내가 편견 어린 시선을 덧대보았던 많은 소년범들을 다시 투명하게 바라보게 되었다. 누군가를 바라볼 때 겉으로 보이는 현상뿐 아니라 맥락까지 바라볼 줄 알아야 한다는 것을 그 글을 통해 깨달았다. 이지선 씨의 〈지선아 사랑해〉를 읽고서는 꽃다운 나이에 사고를 당해 전신에 화상을 입는 극한의 상황에서도 희망을 잃지 않고 자신의 삶을 다시 꿋꿋하게 일으키는 의지를 배웠다. 또한 폴 칼라니티의 〈숨결이 바람 될 때〉를 읽고 삶과 죽음의 의미에 대해 깊이 있게 성찰할 수 있었다. 죽음을 앞둔 환자들을 살리기 위해 하루의 대부분을 보내며 살아 온 서른여섯의 젊은 의사가 어느 날 폐암 판정을 받게 되고, 죽음을 맞이하기까지의 2년 동안의 사유를 기록한 글들을 읽으며 죽음을 마주한 인간의 의연함과 생의 아이러니에 대해 생각하게 되었다.

우리는 이처럼 에세이를 읽으며 수많은 사람들이 풀어낸 수백 가지 삶의 진실에 다가가볼 수 있다. 그리고 그 진실을 거울 삼아 내 삶을 비추어볼 수 있다. 나이, 성별, 직업, 가치관이 다른 사람들의 삶이 만들어낸 진실의 서사가 그 어떤 교과서보다 큰 가르침을 줄 수 있다. 그들의 삶에 내 삶을 비추어보고, 나를 이끌어줄 만한 점을 찾아 글로 남겨 보면 어떨까? 그 글이 나의 인생을 바꾸어 줄지도 모른다.

가까이하기엔 너무나 먼, 벽돌책

소위 벽돌책이라고 불리는 책들이 있다. '벽돌책'은 벽돌만큼 두껍고 내용 또한 방대하고 어려워 완독하기 쉽지 않은 책들을 말한다. 칼 세이건의 〈코스모스〉, 재레드 다이아몬드의 〈총, 균, 쇠〉, 유발 하라리의 〈사피엔스〉와 같은 책이 대표적이다. 책들이 멋있어 보여서 흠모하는 마음에 도전장을 내밀지만 몇십 페이지 정도 읽고는 먼지만 수북하게 쌓이게 두는 경우가 많을 것이다. 한편 두껍지 않더라도 내용이 난해하고 복잡해 이해가 어려운 책들이 있다. 배경지식이 많이 필요하거나 용어나 개념 자체가 이해하기 쉽지 않은 책들도 있다. 지나치게 나의 독서 수준과 거리가 있다면 이런 책들을 읽는 것을 포기해도 되겠지만, 나는 책의 내용을 훑어보고 어느 정도 접근이 가능한 수준이라면 포기하지 말고 도전하라고 말하고 싶다. 어려운 만큼 얻는 것이 클 수도 있기 때문이다. 이해하기는 어렵지만 읽고 나면 지혜나 진리를 깨우치기도 하고, 이를 통해 나를 한층 더 성장시킬 수 있다.

이런 부류의 책을 어떻게 읽는 것이 좋을까? 책의 성격에 따라 읽는 방법이 달라질 수 있는데, 이런 부류의 책은 우아하게 읽는 것이 불.가.능.하다. 책을 읽을 때 눈으로 쓱 훑어보는 것만으로도 쏙쏙 핵심이나 세부 내용을 이해할 수 있는 수준 높은 독서가라면 책장을 천천히 넘기며 우아하게 읽는 것이 가능할지도 모르겠다. 하지만 나는 그런 독서가가 못 된다. 한 문장에 정보가 많이 들어 있는 경우 집중해서 그 문장에 다가가야만 문장을 이해할 수 있다. 그러므로 이런 책은 정말 '공부하듯' 읽어야 한다. 고등학생들이 비문학 지문을 공부하듯 읽는 것이 좋다. 최대한 지력을 발휘하여 책의 내용을 이해하기 위해 애를 써야 한다. 그렇지 않으면 책의 내용을 내 것으로 만드는 것이 무척 어렵다.

계획 세우기

먼저 책 한 권을 한 번에 끝까지 읽으려는 욕심은 버리는 것이 좋다. 공부하기 전에 공부할 내용을 전체적으로 파악하고 그것들을 나열한 다음 세부적인 계획을 세우는 것처럼, 독서도 마찬가지로 하루에 어느 정도 분량을 읽을 건지 '계획'을 세워야 한다. 스스로의 독서 습관과 수준을 점검해 보고, 자신의 능력과 속도에 맞게 적절히 계획을 세우는 것이 좋다. 이렇게 계획을 세우고 차근차근 실천해 나가면 포기하지 않고 책을 끝까지 읽을 수 있을 것이다.

계획은 다음과 같이 세워 보자. 먼저, 목차를 보면 책의 대략적인 내용 구성을 알 수 있기 때문에, 책을 읽기 전 목차를 훑어봄으로써 책에 대해 파악하는 것이 좋다. 그다음 내가 평소 독서에 할애할 수 있는 시간이 어느 정도 되는지 생각해 보고 상황에 맞게 일주일 단위로 읽을 분량을 나누어 본다. 완독할 수 있는 시기가 대략 언제가 될지를 가늠해 보면 계획 세우기가 마무리된다. 계획에 맞춰 마라톤을 하는 것처럼 차근차근 주어진 분량을 꾸준히 읽어나가다 보면 완주하는 날이 온다. 어렵다고 생각해서 시작하기가 망설여졌던 책을 완독하는 날은 정말 뿌듯하다.

통독, 정독, 그리고 통독

다음으로 본격적인 독서를 시작할 단계가 왔다. 나는 지치지 않는 독서를 하기 위한 방법으로 통독과 정독을 둘 다 하는 것을 추천한다. 먼저 계획한 분량의 글을 '통독'한다. 통독은 책을 중간에 건너뛰지 않고 처음부터 끝까지 내리읽는 것으로, 즉 훑어 읽는다는 뜻이다. 책들을 읽기 전에 한번 통독하게 되면 책에서 말하고자 하는 내용이나 큰 주제를 파악하는 데 도움이 된다. 전체적으로 어떤 이야기를 하고 있는지 알고 있는 상태에서 책을 읽는 것과 그렇지 않은 것은 분명 차이가 있다. 여행을 가기 전 인터넷 검색이나 여행 서적을 통해 여행지가 어떤 나라인지, 어떤 문화를 가졌는지 대략적인 정보를 알아본 뒤 여행지에 도착했을 때와 아무런 배경지식이나 정보 없이 여행을 시작하는 것에 차이가 있는 것처럼 말이다.

통독을 끝냈다면 '정독'을 해야 할 차례다. 정독이란 뜻을 새겨가며 자세히 읽는다는 것이다. 읽는 과정에서 나오는 중요 개념에

동그라미를 치고 밑줄을 긋고, 필요한 내용은 메모하면서 책을 읽어 보자. 복잡한 내용은 빈 종이에 핵심어 지도나 내용 구조도를 만들며 시각적으로 도식화하며 읽으면 책을 정확하게 읽는 데 도움이 된다. 책의 내용을 이해하며 읽는 것이 독서의 기본이라는 점에서 정독은 독서에서 가장 중요한 과정이라고 할 수 있다. 정독을 거치고 나면 책의 내용이 보다 잘 이해되고 기억에 오래 남게 된다. 이렇게 책을 꼼꼼하게 읽고 난 후 여력이 된다면 책을 다시 처음부터 끝까지 쭉 읽어 보면 가장 좋다. 처음 이 책을 읽었을 때와 확연히 달라진 나를 발견할 수 있을 것이다. 통독 - 정독 - 통독, 총 세 번의 읽기를 하면 드디어 이 책은 내가 완전히 '읽은 책'이 된다.

나는 칼 세이건의 〈코스모스〉를 위에서 언급한 방법으로 읽었다. 〈코스모스〉는 매일 비슷한 장르의 책만 읽는 독서 습관에서 의식적으로 벗어나고 싶고, 내가 잘 모르는 우주 과학에 대해 조금이나마 알고 싶다는 지적 호기심으로 선택한 책이었다. 일주일에 한 꼭지씩 욕심을 부리지 않고 천천히 읽어나갔고 노트에 인상 깊은 구절을 적었다. 그리고 핵심 내용을 간단하게 정리하고 메모하며 책을 읽었다. 필요할 때에는 구조도를 만들어 이해하기 쉽게끔 내용을 도식화했다. 이때 내가 한 독서는 공부하는 것과 크게 다르지 않았다. 그렇게 꾸준히 읽고 나니, 어느덧 완독이라는 귀한 열매가 주어졌다. 편한 의자에 기대어 앉은 채로 우아하게 책장을 넘기며

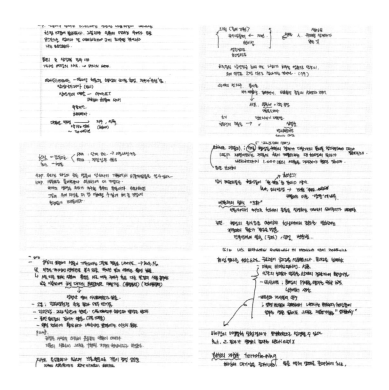

읽었더라도 어떻게든 다 읽었을 수 있겠지만, 애쓰며 읽은 것과 독서의 결과는 질적으로 다를 것이다.

벽돌책 정복 모임 만들기

벽돌책은 대부분 책의 분량이 많고 난이도도 높은 편이다. 그렇기 때문에 도전 의식을 가지고 혼자 읽기 시작했지만 포기해버리는 일도 많다. 이럴 때에는 다른 사람과 함께 벽돌책을 읽으면 큰 도움이 될 수 있다. 같은 목표 의식을 가지고 서로에게 힘을 불어 넣어주면서 책을 읽으면 포기하지 않고 앞으로 나아갈 수 있는 동력을 얻을 수 있다. 이를 위해 주변에서 책을 읽고 싶어 하는 사람들을 모아 모임을 만들거나 이미 개설되어 있는 모임이 있다면 그곳에 참여하는 방법을 추천한다.

모임이 개설되면 책의 목차와 전체 분량을 살펴 독서 계획을 세운다. 예를 들어 일주일에 두 꼭지씩 읽어가도록 전체 계획을 세우고, 밴드나 카페, 카카오톡 등에 계획에 맞게 인증할 수 있도록 구체적인 방식을 정해서 실천하면 된다. 온라인 독서 모임에서 하는 '인증'만으로 부족하다면 화상회의를 통해 구성원이 만나 이야기를 나누거나, 오프라인으로 만나 서로 궁금했던 점이나 감상 등에 대해 이야기를 나누면 더욱 좋다.

나는 〈코스모스〉를 읽고 싶은 사람들을 모아 모임을 만들었다. 혼자 읽다가 지쳐서 중단하는 일이 없게끔 서로 다독이며 끌어주면 좋겠다는 마음에서 만든 모임이었다. 일주일에 한 장씩 읽은 후 자유롭게 SNS에 인증을 하기로 약속했다. 강제성이 전혀 없는 모임이었지만 읽고 싶은 마음을 가진 사람들이 하나 둘 모였고, 매주 자유롭게 제각기 다른 방식으로 읽은 결과를 SNS에 업로드해 공유했다. 같은 부분을 읽었더라도 저마다 중점을 두어 읽는 지점들이 달랐고, 감상을 느끼는 부분들도 다양했다. 내가 읽은 내용과 다른 사람이 읽은 내용들을 비교해 보고, 나의 감상과 다른 사람의 감상을 살펴보는 것도 새로운 재미였다. 서로 만나지 않아도 같은 글을 읽고 있다는 기분을 느낄 수 있었고, 서로의 감상을 공유하는 경험을 할 수 있었다. 이처럼 같은 글을 누군가와 함께 읽는다는 것은 생각보다 큰 격려가 된다.

독서의 확장

책을 읽었다면 읽은 내용에 대해 다른 매체와 관련지어 봄으로써 독서를 확장시킬 수 있다. 마음만 먹는다면 원하는 정보에 접근하기 무척 쉬운 시대다. 책을 읽는 동안 이해가 가지 않는 부분이 있었다면 메모해 두고, 그 내용에 대한 정보를 검색해보면 된다. 책에서 다루고 있는 내용이지만 사진 이미지가 실려 있지 않아서 궁금했다면 관련된 사진, 영상을 책이나 인터넷을 통해 찾아보는 것도 좋다.

예를 들어 〈코스모스〉를 완독했지만 책을 완벽하게 이해하지 못했다는 생각이 들었다면 내셔널 지오그래픽에서 방영한 〈코스모스〉 관련 다큐를 시청하는 것도 가능하다. 그 다큐에서는 저자인 칼 세이건이 등장해서 나레이션을 곁들여 설명해 준다. 책을 읽으면서 상상했던 내용들을 웅장한 시각적 영상으로 접하게 되면 보다 정확하고 깊이 있게 책의 내용을 되새길 수 있다. 또한 책의 꼭

지별로 내용을 분석하고 그에 대해 출연자들이 이야기를 나누는 영상을 통해 심화 독서를 할 수도 있다. 그리고 책의 주제와 관련된 다른 책, 칼럼, 기사를 찾아 읽으며 독서 경험을 확대해 나가도 좋다. 이런 방법들을 활용해서 부족한 부분을 채워 나가며 독서를 확장시키면 책을 보다 깊이 있고 풍부한 독서 경험을 할 수 있게 된다.

벽돌책, 내용도 어려운데 벽돌처럼 두껍기도 해서 독파하기가 어렵다고 느껴진다. 하지만 마음먹고 도전한다면 못할 것도 없다. 어렵다고 해서 포기한다면 읽기 실력은 항상 그 자리에 머물 것이다. 시작해서 뚝심 있게 읽는 데 성공한다면 벽돌책은 그냥 벽돌이 아니라, 나의 독서를 한 단계 업그레이드 시켜줄 수 있는 주춧돌이 될 것이다. 읽고 싶지만 용기를 내지 못했던 책이 있다면, 한번 시작해 보는 것이 어떨까?

키친 테이블 독서 꿀팁 보따리

⸻ ◇―◇―◇ ⸻

수확의 독서 - 책의 씨앗을 뿌리고 거두어들이는 기쁨

아이를 키우며 내가 갖게 된 능력 중 하나는 '인내심'이다. 철저하게 '나'를 내려놓고 타인의 욕구를 충족시키기 위해 하루종일 헌신해야 하는 육아는 인내심이 없다면 할 수 없는 일이다. 아무리 애를 써도 잠을 자지 않는 아이를 옆에 두고 내 시간이 언제 올까 하염없이 기다리며 토닥이는 것, 영양을 생각해 여러 가지 재료를 고르고 다듬어서 만든 이유식을 단 한 입도 먹지 않고 뱉어버리는 아이를 보며, 까꿍 해주고 노래까지 불러주는 정성을 보여야만 한 숟갈 먹이는 데 성공하는, 몸에서 사리가 나올 것만 같은 순간들을 수없이 경험하며 내 안에 이렇게 많은 인내심이 자리 잡고 있다는 것을 처음 알았다.

하지만 '책을 읽을 때의 나'는 '육아할 때의 나'에 비해 인내심이 많은 편이 아니다. 호흡이 긴 한 권의 책을 진득하게 앉아서 읽지 못한다. 간혹 뒷이야기가 너무 궁금해지는 소설 같은 경우, 앉은자리에서 끝까지 읽는 책도 간혹 있다. 하지만 대체로 책을 읽다 보면 또 다른 책이 궁금해져서 다른 책을 뒤적이는 경우가 많다. 뿐만 아니라 때로는 집중력이 흐트러져 책 내용에 몰입하지 못하는 바람에 눈은 글자를 따라가고 있지만 사실은 내용이 머릿속에 잘 들어오지 않을 때도 있다.

이런 나의 성향을 고려했을 때 읽을 책을 한 권을 정하고 그 책을 완독할 때까지 다른 책은 읽지 않는 독서 방법은 맞지 않다는 생각이 들었다. 그래서 한 권의 책을 끝까지 읽고 그다음 책으로 넘어가려는 생각을 과감하게 버렸다. 읽고 싶은 책을 여러 권 골라 '책탑'을 쌓아 두었고 가장 마음이 끌리는 책부터 조금씩 읽어 나갔다. 도서관 서가를 채우고 있는 책들을 바라보고 앞을 거니는 것만으로도 마음이 충만해지는 경험을 한 적이 있는가? 그것과 비슷하게 책탑을 쌓아놓고 바라보는 것만으로도 얼른 책을 읽고 싶은 마음이 들었고, 뿌듯한 마음이 들었다. 다 읽지도 않았는데 말이다.

첫 번째 책을 어느 정도 읽은 후 읽은 분량을 표시하기 위해 띠지를 붙여 놓았다. 그리고 바로 다음 책을 읽었다. 한 번에 책을 다

읽겠다는 욕심은 전혀 없었고 내가 읽고 싶은 만큼 혹은 오늘은 '한 꼭지 분량'만 읽겠다는 마음으로 책을 읽어나갔다. 마치 학생들이 등교해서 한 과목 수업만을 계속 듣지 않고 여러 과목 수업을 듣는 것처럼 나도 독서의 단조로움을 피하기 위해 여러 권의 책을 동시에 읽는 방식을 택한 것이다. 이렇게 읽어 나가다 보면 띠지가 붙은 책들로 된 알록달록한 책탑이 쌓이게 된다.

꾸준히 읽어나가다 보면 어느새 완독한 첫 번째 책이 생긴다. 한 권의 책을 선택해서 쭉 읽는 것보다는 완독하기까지 걸리는 시간은 길다. 하지만 첫 번째 완독한 책을 시작으로 줄줄이 다른 책들을 완독하게 된다. 그때의 뿌듯함이란 이루 말할 수 없다. 마치 농부가 봄에 여러 가지 씨앗을 뿌리고 가을이 되어 수확물을 거두어들이는 것과 같다. 내가 뿌린 책의 씨앗을 거두고 풍성한 한가위를 맞이할 때 정말 보람을 느낀다. 나는 이러한 '수확의 독서법' 덕분에 바쁜 와중에도 꾸준히 독서를 해나갈 수 있었다.

수확의 독서법은 재테크에서 소위 말하는 '은행 예금 풍차 돌리기' 방법과 닮은 면이 있다. '은행 예금 풍차 돌리기'란 마치 풍차를 돌리는 것처럼 매달 정기예금 통장을 만들고 어느 정도 시간이 지나면 줄줄이 만기가 찾아오는 방식의 재테크 방법이다. 다양한 재테크 방법이 있지만 목돈이 생기는 대로 은행에 차곡차곡 예금하고 때마다 돌아오는 만기를 맞이하는 방법이야말로 가장 성실한 재테크가 아닐까 싶다. 성실하게 꾸준하게 읽어나가다가, 시간이 흐르면 줄줄이 책을 완독하게 된다는 점에서 '수확의 독서법'은 은행 예금 풍차 돌리기 방법을 떠올리게 한다.

이렇게 책을 읽는 것의 장점은 '지치지 않는다'는 점이다. 평생 독서 습관을 내 몸에 딱 맞게 장착하기 위해서는 우선 책을 읽는 행위가 즐거워야 한다. 즐거워야만 계속 찾게 된다. 해야만 하는 일이 아니라, 하고 싶은 일이여야만 그것이 삶을 보다 풍요롭게 하는 '취미'가 될 수 있다. 어려운 책 한 권을 이번 달 안에는 꼭 읽겠다고 다짐하며 붙들고 있다고 하더라도 웬만한 인내심과 끈기를 가지지 않고서는 지치기 마련이다. 학교에서도 수업을 할 때에도 어려운 내용을 다룰 때에는 적당한 분량만을 목표 진도로 잡아 학생들이 지치지 않는 것을 최우선으로 한다. 지치면, 지루해지게 되고, 지루해지면 즐거움을 느낄 수 없다. 책 읽기에서 점점 멀어지게 되는 것이다.

수확의 독서법으로 책을 읽을 때의 또 다른 장점은 '다양한 책을 읽을 수 있다'는 점이다. 소설책 한 권을 끝까지 읽고 나서야 다른 분야의 책 읽기로 넘어가는 방식으로 독서를 한다면, 소설책을 읽는 동안에는 다른 분야의 책은 읽지 못하는 셈이 된다. 난 여러 분야의 책을 고른 후 비슷한 시기에 읽곤 한다. 소설을 읽으면서 작품 속 세계에 몰입해서 울고 웃다가도, 어느 정도 읽었다 싶으면 이번에는 육아서를 펼쳐 내 육아를 점검해 보고 조언을 얻기도 한다. 또 비소설을 읽으며 이성적으로 세계를 이해하며 지적 성장을 도모하기도 한다. 이렇게 여러 분야의 책을 선정해 책탑을 쌓고 정해진 분량씩 차근차근 읽어나가면 꾸준히 여러 가지 분야의 글들을 접할 수 있다는 장점이 있다.

책을 읽는 방법, 책을 읽기 위해 세우는 계획과 전략은 사람들마다 다를 것이다. 우리는 수많은 독서 전략 중 자신에게 가장 잘 맞는 것을 고르면 된다. 각자의 사정, 목표, 처해 있는 상황에 따라 달라질 수 있다. 누군가는 여러 책을 비슷한 시기에 읽는 것보다는 한 권의 책을 집중해서 읽는 것을 선호할 수도 있다. 읽고 있는 책에 깊이 있게 몰입할 수 있기 때문일텐데, 집중력 있게 한 권의 책에 푹 빠져 책을 읽는 것 또한 물론 가치 있고 매력적인 경험이다. '수확의 독서법'은 우리가 세울 수 있는 여러 가지 독서 전략 중 한 가지일 뿐이다.

만약 이 책을 읽고 있는 당신이 나처럼 인내심이 부족해서 진득하게 앉아 한 권의 책을 읽는 것이 어렵다면, 그리고 다양한 책들을 꾸준하게 읽고 싶다면 '수확의 독서법'을 실천해 보아도 좋을 것이다. 조금씩 띠지를 붙여 읽어나가다 보면 내 것이 된 책이 차곡차곡 책장에 쌓이게 된다. 그리고 그렇게 쌓인 책들이 많아질수록 나의 세계도 점점 넓어질 것이다.

연결의 독서 – 책과 책의 고리를 찾아서

읽기가 조금 익숙해졌다면 독서의 범위를 넓혀 보는 것도 좋다. 내가 읽은 책을 다른 책과 관련지어 보라는 것이다. '연결의 독서'라고 이름을 붙인 이 독서법은 읽은 책 혹은 읽고 있는 책과 주제가 유사한 여러 책을 찾아 읽으며 책과 책과의 연결 고리, 다시 말해 관련성을 이해하며 읽어 보는 방법이다. 동일한 주제를 다루고 있음에도 불구하고 작가가 어떤 가치관과 생각을 가졌느냐에 따라, 혹은 어떤 점에 중점을 두고 서술했는가 등의 여러 요인에 따라 책은 책마다 다른 방식으로 주제를 드러낸다. 그러므로 동일한 주제의 책들을 동시에 읽으면서 책들의 공통점은 무엇인지 차이점은 무엇인지 비교하며 읽는다면 더욱 풍부한 독서를 할 수 있을 것이다.

연결의 독서는 책들의 상호텍스트성에 기반을 두고 그 관계성을 활용해서 책을 읽어나가는 방법이라고 할 수 있다. '상호텍스트성'은 프랑스 기호학자 줄리아 크리스테바가 사용한 용어로, 작가가 창작한 모든 텍스트들은 과거의 수많은 텍스트들과 관계를 맺고 있다는 의미이다. 평소에 책을 읽으며 이 책과 어떤 책은 '통한다'는 기분을 느낀 적이 있었다면, 혹은 책을 읽으며 주제가 비슷한 다른 책을 떠올려 본 적이 있다면 이미 텍스트 간 상호텍스트성을 체험해 본 것이다.

책 한 권을 다 읽기도 어려운데 다른 책들과의 관계를 파악하며 읽으라니. 이 방법이 조금은 버겁게 느껴질 수도 있다. 하지만 이 방법을 적극적으로 독서에 적용해 보면 훨씬 더 재미있고 신나게 책을 읽을 수 있을 것이다. 그렇다면 이 방법을 실제로 어떻게 나의 독서에 활용할 수 있을까?

첫 번째 방법은 같거나 비슷한 주제를 다루는 책들을 읽는 것이다. 예를 들어 '엄마와 딸의 관계'라는 주제에 대한 책을 읽는다고 생각해 보자. 나는 한국계 미국인인 미셸 자우너가 쓴 〈H마트에서 울다〉라는 책이 가장 먼저 떠올랐다. 이 책은 엄마에 대해 사랑과 미움이라는 모순된 감정을 모두 느끼며 살아왔지만, 엄마가 암으로 돌아가시게 되면서 엄마를 그리워하고 생각하게 되는 내용의 에세이다. 한편 백수린의 〈폭설〉이라는 소설에는 전통적으로 기대되는 엄마의 상과는 전혀 다른 엄마가 등장한다. 다른 남자를 사랑한다는 이유로 새로운 삶을 찾아 떠난 엄마를 '나'는 원망하지만, 먼 훗날 시간이 흘러 긴 진통 끝에 아이를 낳으며 그녀는 엄마를 조금은 이해할 수 있게 된다. 사랑, 그리움, 원망, 분노라는 많은 감정들이 엄마와 딸 사이를 채우고 있다. 이 두 책들은 모두 '엄마와 딸'의 관계를 다루고 있지만, 책에서 중점적으로 다루고 있는 내용이나 표현 방식은 각기 다르다. 이 내용들을 서로 비교하여 읽으며 어떤 점이 유사한지, 어떤 점은 차이를 보이는지를 생각하면서 읽게 되면 독서는 훨씬 깊어지고 넓어질 것이다. 또한 이 과정에서 단순히 여러 책을 비교하는 데서 그치는 것이 아니라, 나아가 이 주제에 대한 내 생각은 어떤지 정리해 보는 것도 좋다. 작가는 독자에게 책을 통해 자신의 말을 전하지만, 그것을 이해하고 해석하는 주체는 결국 독자이다. 독서에는 독자의 오롯한 몫이 있다. 읽는 사람은 책을 계기로 자신이 어떠한 생각을 하고 무엇을 느꼈는지를 곰곰이 생각해 보자. 예를 들어 나에게 있어 '엄마는 어떤 존재인지', '나와 엄마의 관계는 어떠했는지', '더 나은 관계로 성장하기 위해서는 어떤 노력을 해야 하는지' 등의 질문을 스스로에게 던져볼 수 있을 것이다. 내가 떠올린 질문과 답들은 새로운 텍스트가 되어 작가의 글과 새로운 관계를 맺을 수 있다.

현직 교사들이 엮은 '소설' 시리즈들은 책과 책, 글과 글을 연결하여 읽기 좋은 책이다. 이 시리즈는 주제적 연관성을 가지는 단편소설들을 묶어 주제별로 한 권의 책으로 묶은 것이다. 예를 들어 〈땀 흘리는 소설〉 같은 경우 노동자들의 삶을 다룬 단편들만 선정해 엮어 놓은 책이다. 이 책을 읽을 때에는 각각의 단편들을 읽으며 재미를 찾는 것도 좋지만, 노동이라는 주제에 대해 각 작품이 어떻게 접근하고 있는지, 각각의 작품에서 드러내고 있는 노동자들의 삶을 간접적으로 체험하며 읽는다면 더욱 폭넓은 독서가 가능할 것이다.

두 번째 방법은 한 작가가 지은 여러 작품들을 읽어 보는 것이다. 예를 들어 나는 호프 자런의 〈랩걸〉을 읽고 작가가 식물, 나무를 사랑하는 마음이 매우 크다는 것을 알게 되었다. 이 작가의 다른 작품이 궁금해져서 〈나는 풍요로웠고, 지구는 달라졌다〉라는 책을 읽었다. 그 책을 읽으니 〈랩걸〉에서 보였던 식물에 대한 애정이 우리가 숨 쉬며 살아가는 환경에 대한 애정으로 확대되는 것이 당연하게 느껴졌다. 두 책은 그런 의미에 맞닿아 있었다. 김애란 작가의 〈침이 고인다〉,〈비행운〉 같은 단편 소설을 읽은 후, 작가가 쓴 수필인 〈잊기 좋은 이름〉을 읽는 것도 연결의 독서라고 할 수 있다. 작가의 작품을 연이어 읽으면서 특유의 문체에서 느껴지는 매력을 느낄 수 있고, 주제나 갈래에 따라 작가의 생각이 달라지는 지점도 알 수 있어서 흥미로운 독서 경험이 된다.

세상에 독자적으로 존재하는 한 권의 책은 거의 없다. 작가의 가치관, 철학, 주장, 책 속에 포함된 여러 가지 지식 등은 다른 책들과 관계를 맺고 있다. 글을 쓰는 사람의 사유만으로 모든 페이지를 채울 수는 없다. 자신의 생각을 뒷받침하기 위해 여러 사례도 찾아보아야 하고, 여러 책들을 참고해 다른 주장들도 점검해 보아야 한다. 문학 작품도 마찬가지이다. 소설을 쓰기 위해 작가는 방대하게 자료 조사를 한다. 그리고 작가가 살아오며 경험한 사실들, 읽었던 여러 책들의 내용이 배경 지식이 되어 작가가 창작하는 새로운 글 속에 용해된다. 우리는 책을 읽으며 한 권의 책이 관계 맺고 있는 다른 책과의 연결 고리를 포착하고, 그 관계성을 의식하며 책을 읽을 수 있다.

이렇게 책을 읽었을 때 어떤 점이 좋을까? 먼저, 독서가 정말 즐거워진다. 한 작품과 다른 작품을 비교하여 읽으며 어떤 부분이 서로 비슷한지, 어떤 점에서 다른지 파악해 보면서 '읽는 재미'를 느낄 수 있다. 다음으로 책의 내용을 수동적으로 받아들이는 독자의 위치에서 한걸음 더 나아가서 스스로 텍스트의 관계성을 파악하는 '능동적' 독자가 될 수 있다. 같은 주제를 다룬 여러 종류의 책들을 병렬적으로 읽으면서 독자는 책들을 비교하고 나름의 판단을 내리는 상위 인지를 활용하게 되며, 이런 독서를 반복하다 보면 읽기 능력이 향상된다. 마지막으로, 독서를 일회성으로 끝내는 것이 아니라 꼬리에 꼬리를 무는 독서로 이어나가게 되므로 읽기의 지속성을 확보할 수 있게 된다.

연결의 독서법은 책 한 권을 읽는 데서 멈추지 않고, 여러 책과의 고리를 찾아 적극적으로 읽는, 업그레이드 독서법이라고 할 수 있다. 만약 이 방법으로 혼자 책을 읽는 것이 버겁다면 독서 모임에서 활용해 보면 더 좋을 것 같다. 모임에는 많은 사람들의 사유가 모이는 곳인 만큼, 관계를 맺고 있는 두 권 이상의 책을 선정한 후 회원들이 서로 유의미한 질문을 던지고 해결해 나간다면 보다 재미있고 역동적이고 깊이 있는 독서를 할 수 있을 것이다.

함께의 독서 – 독서모임, 그리고 책 권하는 나

독서모임

교사가 되기 위해 임용고사를 준비할 당시 나에게 가장 힘이 되었던 것은 함께 스터디를 했던 사람들이었다. 하루빨리 공부를 시작하고 싶은 마음에 인터넷 커뮤니티에서 팀원을 모집했다. 임용고사는 대학 4년을 졸업할 무렵에야 응시할 자격이 생겼고, 스터디가 꾸려질 때의 나는 학부 3학년이었다. 시험을 보려면 일 년이 넘게 남은 상황었지만, 우리에게 아직 시간이 조금 있다는 사실은 기회로 느껴졌다. 본격적으로 시험에 대한 압박감을 느끼지 않아도 되는 그때야말로 여러 문학 작품들을 '깊이 있게' 읽을 수 있는 시간이라고 생각했고, 문학 작품을 함께 분석하고, 감상하며 나누는 시간을 보냈다.

시험이 얼마 남지 않은 상황에서 쫓기듯 공부하는 것이 아니라, 여유를 가지고 차분하게 작품들을 읽고 서로 의견을 나누며 우리는 그 시간을 밀도 있게 채우곤 했다. 시 한 편을 놓고 서로 분석도 해보고 서로 느낀 점도 말해보고 그러다 마음속 깊은 이야기, 친구 이야기, 가족 이야기까지 물 흐르듯 흘러가 눈물 콧물을 있는 대로 흘리기도 했다. 그때 팀원들과 함께 많은 시와 소설들을 접할 수 있었고, 이 경험 덕분에 참고서에 있는 해석에 의존하지 않고 스스로 작품을 바라보는 시각을 기를 수 있었다. 그 시간들은 내가 훗날 임용에 합격하고, 문학을 가르칠 수 있는 밑거름이 되었다. 혼자였으면 그 많은 문학 작품들을 훑어볼 수 있었을지, 문학 작품을 앞에 두고 '우리'에 관한 이야기들을 나눌 수 있었을까? 아마 어려웠을 것이다. '함께'의 힘은 참으로 컸다.

교사가 되고 틈틈이 책을 읽어 왔지만 독서에 '목말랐던' 시기는 육아를 하면서 '나'를 위한 시간이 줄어들고 체력도 떨어져 무언가를 해보겠다는 의욕이 바람 빠진 풍선처럼 쪼그라들던 때였다. 내가 원하면 언제든지 책을 읽을 수 있을 때에는 오히려 읽고 싶은 책을 읽을 수 있는 시간의 소중함을 미처 몰랐다. 하지만 날것으로 가득한 육아의 세계에서 보내는 시간을 통해 오히려 '책 읽는 시간의 소중함'을 절감하게 되었다. 그때의 나에게 차분하게 책을 읽는 것은 사치였다. '우아한 나'는 많은 것을 내려놓아야만 했다. 이 세계에서는 아이만 바라보며 지내다 보니 이렇게 아이만 돌보다가는 결국 머리가 리셋될 것만 같은 두려움, 글을 읽고 가르치는 것이 직업인 내가 직장에 돌아갔을 때 텍스트들에 오히려 압도될 것만 같은 불안감이 밀려왔다.

그래서 시간이 날 때마다 책을 손에 들고 읽었고, 흔들리고 싶지 않은 마음에 인터넷 커뮤니티에서 독서 모임을 만들었다. 시간이 절대적으로 부족했기에 많은 것을 하지는 못했고, 한 달에 한 번 이상 네이버 카페에 서평을 올리고 두 달에 한 번 모임에서 정한 책을 읽는 것을 최소한의 규칙으로 정해서 운영을 했다. 때로는 화상 회의로 만나서 함께 읽은 책에 대한 감상을 나누기도 했다. 많은 것을 하지는 못해도 누군가와 함께 같은 취미를 가지고 있고, 책을 읽고 서로 공유하는 것만으로도 힘이 났고 외롭지 않은 기분이 들었다. 육아는 어른과의 대화가 고픈, 지극히 외로운 일이니까. 최소한의 규칙으로 이어진 이 모임은 4년째 이어지고 있다. 서로 돌아가면서 공통책을 추천하고 투표해서 책을 정하는데, 이 덕분에 나의 관심사와 전혀 다른 책을 읽기도 하고 몰랐던 책들을 알게 되는 귀중한 경험을 하기도 했다. 이처럼 나 스스로에 매몰되어 있는 것보다는 다른 누군가와 함께 했을 때 나의 세계는 더욱 넓어지고 풍성해진다.

　독서모임을 하면서 참신했던 방법은 스프레드시트를 이용한 독서 토론이었다. 이는 장강명 작가의 〈책, 이게 뭐라고〉라는 책에서 소개된 방법이다. 글쓴이는 팟 캐스트를 함께 운영하던 팀원들과 구글 스프레드시트를 이용해서 토론을 했는데, 그 방법이 꽤 유용했다고 한다. 방법은 책을 읽으며 느낀 점, 궁금한 점 등을 한 칸에 한 문단씩 적는 것을 기본으로 한다. 그리고 자신이나 다른 사람이 쓴 의견에 덧붙일 내용이 있으면 오른쪽 칸에 자신의 의견을 쓰고, 그와 상관없는 새로운 의견이라면 제일 아랫줄 왼쪽 칸에 세로 방향으로 적어나간다. 스프레드시트의 행 제한이 없이 확장할 수 있는 방법이었다. 우리 독서모임에서는 송병기의 〈각자도사〉라는 책을 읽고 이 방법을 활용해 봤는데, 서로 대면해서 만나거나 온라인으로 만나지 않더라도 마치 마주 앉아 대화하는 것처럼 서로의 생각을 나눌 수 있어서 유용했다. 혼자 읽었다면 글쓴이의 생각을 이해하는 데서 그쳤을 독서가 함께 읽음으로써 조금 더 풍성해지고 확장되는 것을 느꼈다.

요즘은 마음만 먹는다면 독서 모임에 가입하는 것도, 독서 모임을 만드는 것도 참 쉽다. 오픈 채팅, 네이버 카페, 밴드에 '독서'라는 키워드로 검색하면 수많은 독서 모임이 있다. 그리고 지역 인터넷 카페에서 마음 맞는 사람들을 모아 모임을 하는 방법도 있다. 또 독서 블로그를 개설하고 같은 관심사를 가진 블로그 이웃과 온라인 모임을 할 수도 있다. 이렇듯 독서 모임을 할 수 있는 방법은 참 많다. 어려울 것 같지만 아니다. 오히려, 독서모임을 시작하겠다고 마음을 먹는 것이 가장 어렵다. 오늘 당장 함께할 누군가를 찾아보는 것은 어떨까. 손을 잡고 새로운 세계로 이끌어 줄 소중한 인연이 기다리고 있을지도 모른다. 거창한 것을 하지 않고 단순히 오늘 읽은 페이지를 시간 기록 어플로 인증해도 좋고, 좋은 구절을 기록해서 인증하는 모임도 좋다. 시간이 된다면 같은 책을 읽고 서로의 감상을 나누는 '찐' 독서모임을 하면 더더욱 좋고 말이다. 어떠한 방식이든, 시작이 반이다.

책 권하는 나

아이들이 자라면서 복직을 했고 나는 학교 도서관의 단골손님이 되었다. 육아를 하면서 외출이 쉽지 않아 동네 도서관 상호 대차로 책을 구해오던 나에게 학교 도서관은 그야말로 여러 가지 빛깔의 책들이 저마다의 빛을 발하며 나를 기다리는, 무지개 같은 곳이었다. 다양한 책으로 가득 찬 서가를 보면 어찌나 반갑던지. 장서가 많지는 않지만 일 년에 네 번 희망 도서를 신청할 때 신청을 하면 대부분 볼 수 있었다. 개인 취미를 위한 책들은 따로 구해서 보기로 하고, 학생들과 함께 읽으면 좋겠다 싶은 책 혹은 수업에 활용할 만한 책들을 학교 도서관에 신청해서 보았다. 내가 읽어 보고 좋은 책들은 '한 학기 한 권 읽기' 도서로 선정해서 실제로 수업에서 아이들과 읽기도 하고, 가끔씩 책을 추천해 달라고 오는 학생들에게 추천해 주기도 했다.

학교에서 책 좋아하는 선생님이라고 소문이 나면서 동료 선생님들도 나에게 '요즘 무슨 책이 재미있어요?' '내가 요즘 이런 상황인데 어떤 책을 읽으면 조금 위로가 될까?'라고 물으며 책을 추천해 달라고 하는 일이 종종 생겼다. 그때마다 읽은 책들 중에 좋았던 책들을 추천해 주었고, 책에 관한 이야기가 돌고 돌아 교무실 안에서 같은 책을 비디오 대여점처럼 여러 선생님들이 이어서 읽기도 했다. 루리의 〈긴긴밤〉이 바로 그 책이었는데, 한 사람이 읽고 느낀 점을 말하면 다른 사람이 호기심이 생겨 그 책을 읽고 또 다른 사람에게 권하게 되었다.

읽고 싶은데 혼자 읽으면 뒷심이 부족할 것 같은 책이나 읽고 감상을 나누면 좋을 것 같은 책들은 마음이 맞는 선생님들과 작은 모임을 만들어서 읽기도 했다. 김현경의 〈사람, 장소, 환대〉를 읽어 보고 싶어 구입했는데, 내용이 묵직하고 다른 누군가와 함께 읽으면 더 이해가 잘 되겠다 싶어 동료 선생님들께 같이 읽지 않겠냐고 제안을 했다. 마음이 맞아 함께 책을 읽기로 했고 네이버 밴드를 개설해 한 주에 한 꼭지씩 읽고 인상 깊었던 구절이나 느낀 점 등을 기록해서 올리기로 했다.

각자의 일이 바쁘고 처한 상황이 다르다 보니 미리 정한 진도를 따라가지 못한 멤버도 있었지만, 함께 같은 책을 읽고 있다는 것만으로도 강한 유대가 느껴지곤 했다. 점심 먹고 산책을 할 때, 커피 한 잔 할 때도 "우리가 읽은 책에서 말하는 '우정' 말이야.."라고 이야기의 서두를 떼기도 하고, 책에서 봤던 구절들을 이야기 속에 자연스럽게 끌어들여 나누기도 했다. 정식으로 시간을 맞춰 독서 모임을 한 것이 아니었음에도 함께 책 이야기를 하고 그에 대한 생각을 교류하는 뜻 깊고 정이 쌓이는 시간이었다.

서재 책장에 꽂혀 있는 〈사람, 장소, 환대〉를 볼 때마다 책의 내용도 물론 떠오르지만 같이 읽었던 사람들과 나누던 공기도 함께 떠올라 마음이 따뜻해진다. 거창한 독서 모임이 아니더라도 주변 사람들에게 읽고 싶었던 책을 말하고 함께 읽어보면 어떨까. 책을 읽으며 돈독한 정도 쌓아가는 즐거운 시간이 될 것이다.

그다음 해에는 수전 손택의 〈타인의 고통〉이라는 책을 옆자리 선생님과 단둘이 읽게 되었다. 내 마음에 와닿은 책들을 권하면 메모해두었다가 꼭 챙겨 읽는 동료 선생님이었는데, 책 이야기를 하면서 더욱 가까워졌고 내친김에 둘이 같은 책을 읽게 된 것이었다.

〈타인의 고통〉은 현대 사회에 난무하는 이미지들은 폭력이나 잔혹함으로 가득하며, 많은 사람들이 그 이미지들에 담긴 타인의 고통에 대해 공감하기보다는 그저 소비한다는 점을 비판적으로 성찰하고 있는 책이다. 타인의 고통을 각종 이미지로 접하게 되는 시대에 고통을 겪지 않은 '우리'는 그 고통을 어떻게 이해하고 있으며 어떤 태도를 취해야 하는지를 깊이 있게 다루고 있다.

내용이 무게감이 있어 보여 혼자 읽으면 왠지 완독하지 못할 것 같았고, 글쓴이가 책에서 제시한 이미지들이나 주장들에 대해 다른 누군가와 함께 읽고 이야기해보고 싶은 마음도 있었는데 같이 읽어보자는 권유에 옆자리 선생님도 흔쾌히 응해줘서 나도 곧바로 독서를 시작할 수 있었다.

우리들은 얼마든지 틈틈이 책에 관해 대화를 나눌 수도 있었지만, 말과 생각은 붙잡지 않으면 휘발되어 버리기에 네이버 밴드를 개설해 한 주씩 분량을 정해 읽고 내용을 정리하고 생각을 기록하기로 했다. 단둘이 하는 독서 모임이기 때문에 오히려 진도가 서로 뒤처지지 않았고 꾸준히 서로 다독이며 완독할 수 있었다. 네이버 밴드에 올린 생각들에 대해 서로 다음 날 출근해서 이야기를 나누기도 하고 책의 내용에 공감하며 최근 우리 주변에서 벌어지고 있는 사건들과 책의 내용들을 연결해서 생각해 보기도 했다. 다음은 내가 남긴 서평의 일부이다.

"참혹한 사건을 다루는 대중 매체와 그것을 받아들이는 나에 대해 생각해 보았다. 매체가 뿌리는 자극적인 이미지들을 보며 우리는 어떤 태도를 취했는가. 사건 현장을 지나는 '구경꾼'으로서 그저 값싼 연민만을 느끼지는 않았는지. 아직도 수많은 비극들이 일어나고 있고 아주 손쉬운 형태로 그 비극들은 내 눈앞에 펼쳐지지만, 그들의 고통을 진실로 이해하는 것은 어렵다. 고통이라는 감정에 있어 타인은 영원한 타인이다."

선뜻 시작하기가 어려웠던 책을 누군가에게 권하고, 읽기에 동참하면서 책의 내용은 어느 정도 '나의 것'이 될 수 있던 것 같다. 이 조촐한 모임이 아니었다면 과연 이 책을 다 읽을 수 있었을까? 묵직한 책들일수록 혼자만의 독서로는 감당하기가 버거운 부분이 있는데, 누군가와 함께 읽을 때면 그 버거움에 대한 두려움이 사라지고 즐거운 용기가 생겨나곤 한다.

내가 학교를 옮기게 되면서, 더 이상 책을 추천해 줄 사람이 없다며 아쉬워하는 선생님의 말이 문득 떠오른다. "우리 둘이어서 부담 없이 책을 읽을 수 있었고, 선생님이 잘 이끌어줘서 마무리할 수 있었어요. 읽기에서 쓰기로 업그레이드해줘서 고마워요."라고 말하던 선생님의 얼굴이 아직도 생생하게 기억에 남아 있다. 내가 권하는 책 한 권이 누군가에게 조금이라도 긍정적인 영향을 줄 수 있었다니 정말 기뻤다. 더 좋은 책들을 읽어 다른 이들과 나누고 싶다.

키친 테이블 독서 간직하기

○─◦─◦─○

독서 결산, 기록의 의미

매년 말이나 매년 초, 나에게 가장 즐겁고 의미 있는 순간이 찾아온다. 바로 일 년 동안 읽은 책들의 목록을 다시 정리하며 살피는, 다시 말해 '결산'을 해보는 날이다. 나는 그 순간이 되면 마음을 가라앉히고 일 년 동안 몇 권의 책을 읽었는지, 어떤 책을 읽었는지 쭉 정리해 본다. 책들에 별점을 매겨 보기도 하고, 짧은 한 줄 평을 남겨 보기도 한다. 어떤 분야의 책을 주로 읽었는지, 그 책을 읽고 무엇을 글로 남겼는지를 살피며 내가 해 온 일 년의 독서를 돌아보는 시간을 가진다.

이 시간이 되면 일단 집을 정돈하고 식탁을 깨끗하게 정리해 놓는다. 그다음 와인이나 맥주 한 잔을 옆에 놓고 좋아하는 음식을 준비한다. 그리고 본격적으로 블로그나 노션에 있는 책에 대한 기록들을 찾아본다. '이 책은 읽는 과정은 힘들었지만 읽고 나니 정말 보람 있었다'라고 생각해 보기도 하고, '이 책은 참 좋았는데 바빠서 서평을 간단하게만 남겨두었네.'라는 아쉬움을 느끼기도 한다. '이 책은 한 번 읽기는 아쉬우니 다음에 꼭 다시 읽어야지'라고 다짐하기도 한다. 내가 읽은 책들을 다시 만나는 순간은 그야말로 한 해 동안 열심히 읽고 쓴 나를 토닥이며 박수를 보내는, 작은 축제의 날이다.

앞 장에서 '수확의 독서법'을 이야기했다. 한 해 동안 책의 씨앗을 뿌리고 거두기를 반복해서 완독한 책들이 점점 쌓여 풍성해지고, 그 결실을 바라보는 농부의 마음으로 나 또한 한 해를 돌아보는 것이다. 책은 책을 낳는다. 책이 책을 통해 다른 책을 나에게 알려주고, 다른 책은 또 다른 책을 나에게 전해준다. 책을 통한 이 같은 연결은 나의 지평과 세계를 무한하게 넓혀주곤 한다. 그런 의미에서 일 년 중 독서 결산을 하는 날은 작은 알에 갇혀 있던 나의 세계가 얼마만큼 얼마나 넓어졌는지를 확인해 보는 날이기도 하다. 어제의 나에 비해 책을 읽고 기록하는 과정을 거쳐 한걸음 더 앞으로 나아가며 성장한 나에게 주는 진심 어린 격려이자 응원을 해 주는 날이다. 올해도 수고했다고, 읽고 쓰는 걸 게을리하지 않고 조금씩 발전해 나갔다고 스스로에게 속삭여 주는 순간이다.

연말에 독서 결산을 하기 위해 필요한 일이 있다. 바로 '기록'이다. 책을 읽었다면 어떤 방식으로든 기록을 남겨놓는 것은 독서 생활을 이어가는 데 있어 매우 중요하다. 몇 년 전의 일이다. 톰 크루즈 주연의 '작전명 발키리'를 남편과 함께 오늘의 영화로 정해놓고 보던 중이었다. 영화를 고를 때 이건 내가 이미 본 영화라 안 되고, 이건 남편이 본 거라 안 된다며 티격태격하다가 결국 고른 영화였다. 이렇게 고민해서 영화를 고르고 한참을 보다가 무언가 이상하다는 것을 느꼈다. 아무래도 어디서 본 것 같은 기분이 든 것이다. 다급하게 '잠깐!'을 외치고 예전에 싸이월드에 적어놓은 영화평을 찾아봤더니, 내가 그 영화를 이미 본 데다가 아주 정성껏 감상평까지 적어놓은 걸 발견했다. 이때 내 기억력을 탓하며 둘이 깔깔 웃었던 적이 있다. 싸이월드 영화평이 아니었다면 예전에 본 영화라는 사실을 알지도 못하고 찜찜한 기분만 안은 채 영화를 끝까지 보고 말았을 것이다. 기억은 야속하게도 너무나 잘 사라져 버린다. 그래서 더욱 기록해야 한다.

책을 읽고 나서 책에 대해 기록하는 것은 어떤 의미가 있을까? 책 속의 주옥같은 문장들을 내가 원할 때 다시 꺼내어 들여다볼 수 있게끔 수집할 수 있다. 꾹꾹 눌러 메모해 놓은 문장들을 노트, 블로그, 노션 등 자신이 원하는 곳에 모아 놓는다. 마음을 울리는 문장들을 소중하게 모아 좋아하는 친구에게 받은 선물처럼 작은 서랍 속에 보관하는 것과 같다. 서랍 속에 보관해 놓지 않으면 흩어지고 사라질 것들이지만 내가 서랍 속에 나만의 방식으로 꼭꼭 보관해 놓는다면, 필요할 때 언제든 다시 꺼내어 쓸 수 있다.

기록은 단순히 내가 읽은 책에 대한 자취를 남겨 놓는다는 의미도 있지만, 기록하는 과정을 통해 작품을 더 오래도록 기억할 수 있고 작품에 대해 보다 깊이 있게 생각해 보게 된다는 점에서 의미가 있다. 기록은 여러 방식으로 할 수 있다. 책 제목만 적을 수도 있고, 한줄평을 적을 수도 있고, 간단한 서평을 적는 방식으로 할 수도 있다. 나는 주로 서평으로 독서 기록을 남긴다. 서평을 쓸 때 고려해야 하는 사실은 책에 대한 기억에만 의존해서는 좋은 서평을 남길 수 없다는 것이다. 책장을 다시 펼쳐서 다시 처음부터 끝까지 훑어보고, 띠지를 붙여 놓은 부분으로 돌아가 앞뒤의 맥락을 살피며 그 부분에 대해 다시금 생각해 보아야만 한다. 책을 읽으면서 그저 '이 구절이 정말 와닿아서 기억하고 싶다' 정도의 생각에 그쳤다면, 서평을 작성함으로써 그 구절을 곱씹어보고 나의 가슴 깊은 곳까지 그 문장이 도달했던 이유를 보다 구체적으로 생각해 보게 된다. 그러한 과정을 거치면서 작가가 글로 전달한 마음이 내 마음으로 전달된다. 그리고 책은 조금 더 새로워진다. 이렇게 서평을 적고 기록을 마쳤을 때 비로소 내가 이 책을 다 읽었다고 말할 수 있게 된다.

하지만 기록에 대한 기억 자체도 사라질 수 있다는 사실을 잊지 말아야 한다. 따라서 기록에 대한 기록, 즉 나의 독서 기록을 살펴

보는 것도 필요하다. 내가 정리한 읽은 책의 목록들, 서평들을 여유가 생길 때 한 번씩 가벼운 마음으로 훑어보면 나의 독서 성향이나 습관에 대해 생각해 볼 수 있고, 책의 내용을 다시금 기억할 수 있게 된다. 이런 습관이 갖추어져 있었다면 '작전명 발키리'처럼 봤던 영화를 새삼스러운 눈으로 다시 보는 일은 없었을 것이다.

독서 기록, 어떻게 어디에 할까?

독서 기록을 하는 방법에는 여러 가지가 있다. 나는 포털 사이트 아이디를 만들면 자동으로 생성되는 블로그를 하나 가지고 있었다. 잡다한 것들을 스크랩하거나 가끔 메모하는 용도로 사용하던 블로그였다. 그러다가 열심히 사진을 올리고 일기를 쓰던 싸이월드가 쇠락해 가는 것을 보고 난 후, 보다 안정적으로 독서 기록을 남기고 싶은 마음에 블로그에 서평을 하나둘씩 기록하기 시작했다.

드문드문 기록을 올리던 블로그에 본격적으로 서평을 남기기 시작한 것은 역설적이게도 인생에서 가장 시간이 없었던 시기, 바로 아이를 키울 때였다. 나에게 어렵사리 주어진 시간, 함께 한 책들의 기억을 남겨두고 싶었다. 내가 아이를 키우는 일 이외에도 이렇게 읽고 쓰고 있다고 스스로에게 말을 걸고 칭찬해주고 싶은 마음도 있었다. 어렴풋하게 '그동안 꽤 많은 책을 읽었다'고 생각하는 것과 읽은 책들의 기록들을 눈으로 보는 것은 무척 다르다.

블로그에 서평을 올렸지만 내가 한 달에 어느 정도 책을 읽는지 알고 싶은 마음에 어플을 이용해보기도 했다. '책꽂이'라는 어플은 유료로 구입했는데 읽은 책 정보를 간단히 입력하면 달(월) 별로 책 표지가 정리되어 시각적으로 유용했다. 다음으로 이용한 어플은 '북적북적'인데, 책을 읽을수록 책이 쌓이고 어느 정도 목표치에 도달하면 캐릭터가 바뀌어서 소소한 재미를 느낄 수 있었다. 책 목록을 정리하는 데에도 꽤 유용했다. 이것들 이외에도 지금은 독서 기록에 유용한 어플들이 더 많이 등장하고 있으니, 어플들의 특성과 나의 성향을 파악해서 가장 잘 맞는 것을 선택하면 될 것 같다.

최근에는 '노션(notion)'에 독서 기록을 시작했다. '노션'은 생산성 어플의 하나로, 메모, 문서, 데이터베이스 관리, 웹사이트 등의 기능을 하나로 통합한 것이다. 동료 선생님의 추천으로 사용하게 되었는데, 학교에서 교무수첩을 완벽하게 대체할 만큼 매우 유용하다. 학교에서는 하루에도 수십 개의 업무 메시지가 쏟아지고, 교사는 일정에 맞게 그 업무를 완수해야 한다. 그리고 교사의 가장 주된 업무인 수업을 준비하고 실행해야 한다. 나에게 주어진 이 일들을 해내기 위해 온종일 바쁘고 정신이 없다. 이럴 때 노션은 복잡한 일들을 한눈에 정리하고 차근차근 해결할 수 있게끔 큰 도움을 주었다. 노션의 강점은 여러 매체들을 자유롭게 페이지 안에 삽입할 수 있다는 것이다. 메모 기능을 기본으로 하면서도, 이미지, 링크, 동영상, 파일, 텍스트, 표, 웹문서까지 많은 매체들을 작업자가 원하는 방식으로 조직할 수 있다. 뿐만 아니라 스마트폰과 태블릿, PC가 호환되기 때문에 언제 어디서든 내가 기록하고 싶은 것을 기록할 수 있다는 게 편리하다.

이 똑똑한 녀석을 독서 기록에 활용하는 방법은 다음과 같다. 먼저 독서 목록을 데이터베이스 표에 입력한다. 나는 책 제목, 작가, 읽은 상태, 완독일, 표지, 평점으로 구성해 보았다. 상태의 경우 '읽기 전, 읽기 중, 완독'으로 하고, 평점은 별 다섯 개를 만점으로 정했다. 표지는 인터넷 서점에서 이미지를 검색해서 주소만 복사해서 넣으면 된다. 책 정보를 표에 입력하고 '갤러리뷰'로 보기 방식을 선택하면 책 표지별로 목록을 볼 수 있다. 같은 데이터를 달력으로도 볼 수 있어서 한 달에 내가 어떤 책을 몇 권 읽었는지도 한눈에 알 수 있다. 이처럼 분야별, 평점별, 읽은 날짜별 등 자신이 지정한 속성에 따라 다양한 보기가 가능하다는 점이 신선했다. 또 하나 만족스러운 점은 데이터들을 CSV 파일로 받을 수 있어서 내 가 원하는 대로 재가공할 수 있다는 것이었다. 예전에 사용한 어플 의 경우 독서 기록은 문제없이 잘 되는데, 연말에 독서 기록을 엑 셀로 내보내는 게 쉽지 않아 결국 한 땀 한 땀 타이핑을 했던 아픈 기억이 있다. 노션은 처음 사용할 때 몇 가지 기능을 익혀야 하기 때문에 조금 어렵다고 느껴질 수 있지만, 도움이 될 만한 유튜브 영상이나 블로그 정보 등을 활용하면 쉽게 익힐 수 있으니 걱정하 지 않아도 된다. 친절한 설명을 듣고 차근차근 따라 하다 보면 금 세 유용하게 사용할 수 있다. 이것이 어렵다면 템플릿을 무료로 공 유하는 분들도 많으니 기존에 배포되어 있는 템플릿을 활용하는 것도 방법이다.

하지만 독서 기록을 할 때 명심해야 할 것이 있다. 독서 기록 자 체가 목적이 되어서는 안 된다는 것이다. SNS에는 일 년에 책 100 권을 넘게 읽은 독서 성과를 자랑하는 인플루언서들이 있다. 꾸준 히 책을 읽고 그 결과나 과정을 기록하는 것 자체는 물론 정말 훌 륭하다. 하지만 한 달에 책 몇 권을 읽어야겠다는 목표치를 채우는 것에 지나치게 몰두한 나머지 진입장벽이 높은 어려운 책에는 거 리를 두고 가벼운 읽을거리 정도의 책만을 매번 찾는 것은 좋지 않 다. 다독이 나쁜 것은 아니지만, 좋은 책을 심혈을 기울여 고르고 그 책을 충분히 음미하며 읽는 것이 더 좋은 독서가 아닐까 생각해 본다. 책들을 그저 많이 읽는 것에 가벼운 기쁨을 느끼기보다는 조금 노력과 시간이 들더라도 나에게 의미 있게 다가오는 책들을 만남으로써 보다 묵직한 기쁨을 느끼는 편이 더 좋다. 공들여 읽은 책의 기록들이 쌓이면 그렇게 뿌듯할 수가 없다.

사람은 모든 것을 기억하지 못한다. 아무리 좋은 책을 읽고 엄청난 깨달음을 얻어도 그 기억은 아쉽게도 쉽게 사라져 버리고 만다. 놀랍게도 내가 그 책을 읽었다는 사실조차도 기억하지 못하는 경우도 의외로 많다. 책을 읽는 시간만큼 나 자신에게 충실한 시간이 있을까? 고요함 속에 머무르며 책 한 글자 한 글자에 집중하며 읽어나갔던 독서의 시간을 기록으로 간직해 놓는다면, 책에 대한 기

그라시아의 서재(2023)
2023년 그라시아의 서재
▦ Gallery view ▦ 표 | 캔버스 | 1개 더 보기

2023

# 연번	Av Name	저자	상태	완독일	요약	평점
1	마주온 읽기	박상육	완독	2023년 1월 4일		★★★★
2	소원의 빛	이문역	완독	2023년 1월 11일		★★★★
3	스키에 섹스	윤다감영	완독	2023년 1월 31일		★★★★
4	한밤 내가 편안을 다시 산다면	강해설	완독	2023년 1월 31일		★★★★
5	읽기 좋은 마음	김재선	완독	2023년 2월 6일		★★★★
6	안녕마이카스	한도경	완독	2023년 2월 9일		★★★★
7	감무나를 살아서	엄연	완독	2023년 3월 6일		★★★★
8	나의 아름다운 보호	엄지욱	완독	2023년 3월 7일		★★★★
9	다정한 책방행함	에수현	완독	2023년 3월 16일		★★★★
10	온수한 무관심아	김용균,김단용	완독	2023년 3월 31일		★★★★
11	충도지 해나균한 정가라고 말합니다	에나 라마런스	완독	2023년 4월 3일		★★★★
12	아버지의 해방일지	정지아	완독	2023년 4월 26일		★★★★
13	꼭 살명임을 기억해	나성역	완독	2023년 4월 30일		★★★★
14	느끼나무 수호대	경풍미	완독	2023년 4월 27일		★★★★
15	수선다니의 마음돕기	경조명	완독	2023년 4월 28일		★★★★
16	낭비와 창조	이슬야	완독	2023년 4월 34일		★★★★
17	한 개으른 시민의 이야기	하늘가	완독	2023년 4월 26일		★★★★
18	낭랑가가 소녀 좋은 작은 공	조제준	완독	2023년 4월 29일		★★★★
19	인생의 책사	신왕형	진행중			★★★★
20	제스가칸의 근판마지	송만족	완독	2023년 5월 23일		★★★★
21	청녀가를 망을 네네가 하고 싶은 이야기	주라카이 하쿠키	완독	2023년 5월 30일		★★★★
22	보통의 노은	이워명	완독	2023년 6월 28일		★★★★
23	소금마의	역회영	완독	2023년 6월 28일		★★★★
24	순응과 제앙 사이	에디르트	완독	2023년 6월 22일		★★★★
25	나는 물심로롱고, 자주는 정서핵이다.	로로 지분	완독	2023년 7월 4일		★★★★
26	아빠니, 사교육을 중략버락 합니다	엄승막	완독	2023년 7월 6일		★★★★
27	목, 어게 윅리고	정강명	완독	2023년 7월 18일		★★★★
28	경우없는 세계	박은후	완독	2023년 7월 18일		★★★★
29	뭘로 베이라이	감미명	완독	2023년 8월 7일		★★★★
30	가치도시 사회	송현기	완독	2023년 8월 8일		★★★★
31	마무른 적용에	요스	완독	2023년 8월 10일		★★★★
32	없지 못하는 아이들의 복음	온다	완독	2023년 9월 12일		★★★★
33	행복의 영원	아장	완독	2023년 9월 07일		★★★★
34	세대로메에 끝나다	여은 자루나	완독	2023년 10월 06일		★★★★
35	문부의 문느기 상엄노	온다	완독	2023년 10월 1일		★★★★
36	휴우리스저안전	해태연	완독	2023년 10월 9일		★★★★
37	손은다느 소행	하은멋 영	완독	2023년 10월 12일		★★★★
38	올망한 자연미 여행	강나중	완독	2023년 10월 3일		★★★★
39	요안과 웹양	책만소산	완독	2023년 10월 19일		★★★★

억을 떠올리고 싶을 때 사라진 기억들 때문에 아쉬워하는 일도 줄
어들 것이다. 그리고 기록이 쌓이고 쌓여 의미 있는 것들로 마음속
을 가득 채울 수 있을 것이다. 책을 읽었다면, 오늘 바로 기록을 시
작하라고 말하고 싶다.

서평으로 기록 남겨 두기

책 한 권을 다 읽고 나면 간단하게라도 서평을 남겨 놓는다. 책

중에는 앉은 자리에서 휘리릭 읽을 수 있는 내용으로 되어 있어 책 제목, 평점, 한 줄 평 정도로 간단한 기록만 남겨도 미련이 남지 않는 책도 있다. 나는 이 책을 쓰기 위해 책 쓰기에 대한 책들을 몇 권 읽었다. 평소에 읽고 쓰기는 하지만 기획, 투고, 집필, 출판 등 책을 만드는 과정에 대해서는 잘 알지 못했던 나는 정보가 필요했고 이 주제와 관련된 책들을 찾아 여러 권 읽었다. 이때 필요한 내용은 메모해 놓았을 뿐 따로 서평은 작성하지 않았다. 서평을 남기지 않았다고 해서 그 책이 의미가 없었다는 것은 전혀 아니다. 책 쓰기에 대한 책들을 통해 출판의 과정을 보다 잘 알게 되었고, 내가 당장 해야 할 일이 무엇인지도 보다 구체적으로 알 수 있었다. 이렇듯 정보를 얻는 데 독서의 목적이 있었던 만큼, 책을 통해 내게 필요한 정보를 얻고 잘 정리해 두는 방식으로만 독서를 마무리해도 충분했다.

반면 책을 읽고 나면 한참 시간이 흐른 후에도 여운이 사라지지 않아 계속 가슴에 남아 있는 책이 있다. 또는 책을 읽고 나서 새롭게 알게 된 사실들이 많고, 많은 깨달음을 주는 책들도 있다. 이런 책은 한 번의 독서로 읽기를 마치기에는 아쉬움이 크다. 그래서 이런 책들은 읽고 난 후에는 책에 대한 글을 남기고는 한다. 아이를 키우고, 회사에서 일까지 하느라 읽을 시간도 부족한데 서평까지 쓰다니 그게 가능한 일일까? 나는 책 한 권을 덜 읽더라도 서평을 쓰는 것을 권한다. 서평을 쓰지 않으면 읽어도 읽은 기분이 들지 않는다. 서평을 쓰고 나면 책을 읽은 후 어렴풋하게 남아 있던 감상의 실체가 확연하게 드러나고, 책의 내용을 보다 정확하고 깊이 있게 이해할 수 있게 된다.

그렇다면 서평은 어떻게 쓰는 걸까? 서평의 사전적 정의는 '책의 내용에 대한 평'이다. 그야말로 책의 내용에 대해 주관적으로 자신이 판단하고 느낀 바를 쓰는 글이라는 뜻이다. 책의 내용을 다시 정리하여 되새기고 내가 그것에 대해 어떤 생각을 하고 느꼈는지를 글로 옮기면 그것이 서평이다. 그래서 서평을 쓰기 위해서는 책의 내용을 내 것으로 소화시키는 과정이 우선적으로 필요하다.

책의 내용을 살피기 위해서는 책을 '다시' 읽어야 한다. 서평을 작성하게 되면 책을 두 번 이상 읽게 된다. 다시 읽는 과정은 다음과 같다. 책의 목차를 살펴보고, 프롤로그와 에필로그를 읽어 본다. 그러고 나서 책을 훑어가며 읽으며 책 내용을 떠올려 본다. 이 과정을 거쳐 책의 전반적인 내용을 자신의 언어로 요약해 보면 가장 좋다. 그리고 책을 읽으며 메모해 놓았거나 띠지를 붙이며 수집한 '문장들'을 꺼내어 살피고 음미해 볼 차례다. 서평에 모든 문장을 담을 필요는 없다. 문장을 꺼내어 펼쳐 보고 가장 의미 있는 문장들을 골라 내가 쓸 서평의 재료로 삼는다. 그리고 책을 읽으면서 깊은 인상을 받았던 부분들도 떠올려 서평의 재료로 사용할 수 있다. 여기까지는 아직 '책의 역할'이 더 크다.

이제부터는 내 생각을 글에 펼칠 차례이다. 내가 어떤 이유로 이 책을 읽게 되었는지, 그리고 수집한 문장을 읽을 때 나는 어떤 기분이 들었는지, 무엇이 떠올랐는지를 나의 언어로 풀어서 써 주면 된다. 그리고 책에 대한 전반적인 감상이나 평을 덧붙인다. 또 다른 작가가 된다는 생각으로 책에 대한 나의 주관적인 생각을 마음껏 펼치면 나의 역할은 어느 정도 했다고 볼 수 있다.

가장 기본적인 서평의 구성은 '처음 – 중간 – 끝'으로, 처음에 책을 선정하게 된 이유나 인상 깊은 문장을 제시하고, 중간 부분에 책의 내용을 요약하고 감상을 덧붙인다. 끝으로는 글의 내용을 다시 한번 요약하고 강조하거나 전반적인 감상을 드러내는 문장을 쓴다. 하지만 서평을 쓰는 형식이나 방법은 정해진 게 없다. 책을 읽으며 떠오른 키워드 몇 가지를 풀어서 한 편의 글로 작성할 수도 있고, 내용 요약은 건너뛰고 감상이나 평가만을 적을 수도 있다

매번 완성된 서평을 작성할 필요는 없다. 나도 책을 읽은 후 항상 공을 들여 서평을 작성하지는 못했다. 내가 처한 상황, 나에게 주어진 시간 등을 고려해서 서평의 분량과 형식을 그때그때 정하면 된다. 책을 읽기는 했는데 너무 바빠 글을 쓸 여유가 없으면 우선 간단하게 메모만 해 두고 나중에 글에 살을 붙이는 것도 방법이다. 한 권의 책을 다 읽을 때마다 완성도 높은 서평을 쓰겠다고 마음을 먹게 되면 오히려 글을 쓰는 것에 지쳐 독서에서 더 멀어질 수도 있다. 엉성하더라도, 분량이 적더라도 일단 써 보자.

일단 쓰면 내가 읽은 책이 나에게 보다 더 가까워진다. 내 안으

로 들어온 문장들과 글의 내용이 휘발되지 않고 나의 것이 된다. 즉, 읽고 쓰는 행위의 연속을 통해 책의 내용을 내면화할 수 있는 것이다. 또 기록은 점점 쌓인다. 기록은 보이지 않는 것을 붙잡는 일이다. 부족한 시간을 쪼개서 열심히 책을 읽고 무언가를 느꼈지만 그것을 기록하지 않으면 허공으로 사라진다. 그 느낌을 글로 남겨 차곡차곡 기록을 남겨 놓으면 한 권의 책이 될 수도 있다. 그리고 글쓰기 실력은 쓰면 쓸수록 좋아진다. 읽고 나서 자연스럽게 서평을 쓰다 보면 어느새 나도 모르게 글을 쓰는 것이 낯설지 않게 느껴질 것이다. 읽기와 쓰기는 별개의 것이 아니다.

제 3 부

키친 테이블 독서,
그 한계를 넘어

독서 슬럼프,
책태기 극복하기 프로젝트

○─○─○

어느 날 나에게 찾아온 '책태기'

습관의 사전적 정의는 '어떤 행위를 오랫동안 되풀이하는 과정에서 저절로 익혀진 행동 방식'이다. 내가 책을 읽을 시간과 공간을 정하고 책을 읽는 것. 그것을 '루틴'으로 만들어 꾸준히 실천하게 되면 그 루틴은 내 몸에 익어 '습관'이 된다. 힘을 들이고 의식하지 않아도 하루를 마무리하면 당연하게 책 읽을 공간을 찾아서 읽고, 또 쓰게 되는 것이다. 꾸준함과 성실함이 만들어 낸 습관의 힘은 무척 크다. 작은 습관들이 모여 큰 성과를 거둔다는 사실은 많은 자기 계발서에서 수없이 강조하고 있는 내용이다.

하지만 내 몸에 장착된 독서 습관이 무너질 때가 있다. 기존에 습관을 지속할 수 있게 해 주었던 상황이 바뀌었거나 내 마음 상태에 변화가 생겼거나 하는 이유에서이다. 이렇게 습관이 한번 무너지면 걷잡을 수 없고, 다시 좋은 습관의 궤도로 오르는 건 정말 어렵다. 이런 시기를 '책태기'라고 말할 수 있다. 나에게도 꾸준히 독서 습관을 유지했었지만 독서 습관이 무너져 한동안 책을 멀리 했던 시기가 있었다. 책을 읽고 싶은 마음은 있었지만 한 번 무너진 루틴을 다시 일으켜 세우는 건 무척 어려운 일이었다. 책을 읽으며 하루를 마무리하는 일은 줄어들었고, 맥주 한 캔을 뜯고 넷플릭스를 보며 멍하니 시간을 보내는 일이 많았다. 한 번 그 편안함에 익숙해지니 다시 원래의 습관을 회복하는 것은 더욱 힘에 부쳤다.

내가 그렇게 사랑하던 책을 왜 멀리하게 된 걸까? 책 읽는 시간과 공간을 소중하게 여기던 나에게 책태기가 찾아온 것은 급작스러운 환경의 변화 때문이었다. 오랫동안 근무하던 학교를 떠나 새 학교로 옮기고 정말 오랜만에 담임을 맡게 되었다. 새로 옮긴 학교에서 고등학교 2학년 아이들의 담임을 맡게 되었는데, 학교 안에서도 공부를 잘하는 아이들로 구성된 반이었고, 오랜만에 하는 담임 역할을 제대로 하고 싶은 마음이 컸기에 온통 신경이 학교에 가 있었다. 퇴근을 해도 학생들에게 전달할 것들을 제대로 했는지, 내가 당장 그 아이들에게 해 줄 일은 무엇인지, 반에서 특히 힘들어하는 아이는 마음을 다잡았는지 생각하니 머리가 복잡했다. 퇴근해서 현관문을 열면 내가 오기만을 눈이 빠지게 기다리는 아이들과 만나 살을 비비는 일상이 다시 시작되니 어질어질 정신을 차릴 수가 없었다.

평소에 직장 일과 개인적인 삶의 '균형'을 잘 맞추며 사는 것을 우선으로 여겼고, 균형이 잘 맞을 때면 안정감과 행복감을 느꼈다. 스스로가 그런 상태에 놓였을 때 마음의 여백이 생겼고 나를 충전할 수 있는 다른 것들을 해나갈 수 있는 마음의 힘이 생겼다. 하지만 당시에는 그 균형이 전혀 맞지 않았다. 학교 업무는 업무대로 쏟아지고, 담임을 맡고 있는 스물세 명의 아이들도 신경을 쓸 일이 많았다. 시험 문제를 내고 검토하는 기간이면 더더욱 진이 빠졌다. 여기에서 구멍이 생기니, 저기에서 구멍이 생기고 모든 것이 흔들거렸다. 곧 읽겠다고 마음먹고 책상 한구석에 쌓아 놓은 책은 여전히 많았지만 책을 읽을 수 있는 마음의 자리는 점점 사라져 갔다.

그때는 아이들이 낮잠을 떼고 유치원 생활을 하면서 아홉 시 반이면 잠자리에 들었다. 밤 열 시면 거의 모든 육아가 종료되었다. 마음만 먹으면 얼마든지 그 시간부터는 내가 원하는 일들을 할 수 있는 상황이 주어진 것이다. 예전의 나라면 기다려온 그 시간을 반가운 마음으로 맞이하고, 식탁을 깨끗이 정돈한 후 조용히 책을 읽었을 것이다. 하지만 몸과 마음이 지칠 대로 지친 나는 텔레비전 앞에 앉아 두뇌를 정지시킨 채 주어지는 자극에 스스로를 맡기는 편을 선택했다. 몸과 마음이 힘드니 에너지를 필요로 하는 책에는 손이 가지 않았고 편안하게 소파에 기대어 텔레비전을 보는 휴식의 시간으로 위안을 받았다. 몸은 편했지만 시간이 흐를수록 나태한 삶을 살고 있는 내가 마음에 들지 않아 회의가 들었고 마음이 개운하지 않고 답답한 기분이 들었다. 글을 읽고 쓰지 않으니 생각이 정돈되지 않았고, 무언가를 읽지 않으니 정체되어 있는 기분이 들어 답답했다.

이 시기는 그야말로 이른바 '책태기'로, 독서의 암흑기였다. 엎친 데 덮친 격으로 읽기가 멈추니 쓰기도 저절로 일시 정지되어 버렸다. 읽고 쓰는 것에서 삶의 즐거움과 보람을 찾던 나의 모습에서 점점 멀어져만 가던 시기였다.

책태기 이겨내기

책태기에서 벗어나기 위해서는 어떻게 해야 할까? 한 번 놓아버린 끈을 영원히 놓치지 않도록 나를 붙잡아 줄 무언가가 필요하다. 다시 한번 해보겠다는 의지를 불태우며 혼자의 힘으로 계획을 세우고 실천하면서 책태기를 극복하는 것도 좋은 방법이다. 이 방법은 사실 책태기에 빠진 많은 사람들이 해가 바뀔 때마다 새로운 결심을 하면서 시도해 보는 방법이다. 하지만 연초에 의욕을 가지고 독서 계획을 세웠다가도 어느새 흐지부지되어 책과 거리를 두는 경우를 많이 봤다.

이럴 때는 누군가와 함께 읽기를 시작해 보는 것이 좋다. 독서 모임에 참여해서 다른 사람과 함께 읽어 보는 것이다. 내가 책을 읽지 않더라도 책을 읽는 사람들이 나와 가까이 있다는 것 자체가 건강한 자극이 된다. 요즘 다이어트를 결심하자마자 다이어트 모임에 가입하는 사람들이 많다. 스스로 계획을 짜서 하면 될 텐데 굳이 모임에 가입하는 이유는 그 모임이 내가 원하는 목표를 이룰 수 있도록 '이끌어주기' 때문이다. 독서 모임도 마찬가지다. 대부분의 독서 모임에는 회칙이 있는데, 일정 기간 동안 활동을 성실히 하지 않았을 때 페널티를 주는 것 같은 강제성을 두면 어떻게든 읽게 된다. 모임에 속한 사람들과의 대화를 통해 요즘 어떤 책이 화제가 되는지, 사람들은 내가 읽은 책을 어떻게 읽었는지 알아볼 수 있고, 독서 모임에 소속되어 있는 사람들은 공동체 특유의 힘으로 나를 '읽는 사람'으로 유지해 준다. 그렇기 때문에 책태기에 빠졌다면 일단 자신에게 맞는 독서 모임에 들어가는 것을 추천하고 싶다.

　두 번째 방법으로는 책들이 많이 있는 곳, 즉 '서점'이나 '도서관'에 가는 것이다. 나를 유혹하는 책들이 가지런히 놓여 자기를 봐 달라고 여기저기에서 손을 내미는 서점이나 도서관에 가면, 책을 읽고 싶다는 마음이 한껏 솟아오르곤 한다. 대학생일 때 학교 도서관은 내가 가장 사랑하는 공간이었다. 총 세 개의 관으로 이루어진 도서관은 각 관마다 소장하고 있는 책의 종류가 달랐고, 분위기도 무척 달랐다. 오래된 철학서들을 대거 소장하고 있어 책장을 넘기면 부서질 것 같은 책들이 즐비했던 1관, 인문서들이 주로 있고 특히 조용했던 2관, 사회과학 서적들이 주로 있고 유리로 된 통창 밖으로 초록 나무들을 볼 수 있었던 3관. 그 시절의 나는 도서관의 서가 곳곳을 누비며 책을 구경하는 것을 좋아했다. 공강 시간에는 도서관에 가서 기분에 따라 마음에 가는 곳에 자리를 잡고 박경리의 〈토지〉를 긴 호흡으로 읽었던 기억이 아직도 좋은 추억으로 남아 있다. 그저 서가를 거닐어보며 책 냄새를 맡아 보고 진열되어 있는 책의 제목들을 쭉 훑으며 숨을 들이마시던 일들이 감각으로 기억되어 있다. 이렇게 서가를 걸으며 여기 있는 책을 전부 읽고 싶다는 생각으로 머리를 가득 채운 날도 있었다.

도서관은 그런 공간이다. 책을 읽지 않는 사람도 책을 읽고 싶게 만드는 공간. 많은 사람이 함께 있지만 조용한 침묵 속에서 같은 행위를 하는 사람들끼리 연결되어 있는 그런 공간이다. 도서관 서가를 거닐며 어떤 책을 읽을지 고민하며 행복감을 느껴본 사람이라면, 책태기가 찾아왔을 때 다시 도서관을 찾아보면 어떨까? 책태기를 슬기롭게 극복하는 데 효과가 있을 것이다. 게다가 요즘에는 도서관만의 특색을 살린 이색 도서관도 많아지고 있어 도서관을 방문하는 재미가 더욱 커지고 있다. 예를 들어 서울 중구에 있는 손기정 문화도서관은 붉은 벽돌로 외벽이 장식되어 있고 고급스러운 카펫이 깔려 있어 서가를 걷다 보면 그곳이 도서관이 맞나 싶을 정도이다. 이처럼 특색 있는 도서관들이 점차 생겨나고 있으니 그런 도서관에 방문해서 독서에 대한 욕구를 다시 한번 살려보는 것도 좋을 것 같다.

나들이 코스에 서점을 끼워 놓는 것도 좋은 방법이다. 책의 물성을 가장 드라마틱하게 느낄 수 있는 곳은 단연 서점이다. 방금 막 세상에 나온 책들이 매대에 빛을 내며 누워 있다. 자신을 한번 펼쳐 달라고 손을 내밀며 말이다. 인쇄소에서 갓 나온 빳빳한 상태의 책을 구매하게 되면 그날은 자연스럽게 손이 책을 향하게 된다. 책들을 구입하기 위해 북적이는 사람들, 분야별로 멋지게 나열되어 있는 매대를 거닐다 보면 책을 읽고 싶은 마음이 저절로 생겨난다. 도서관에 있는 책들은 누군가가 먼저 대출을 해 버리면 그 사람이 반납할 때까지 하염없이 기다려야 하지만, 서점에 있는 책들은 그럴 필요가 없다. 원한다면 바로 얻을 수 있는 곳이 바로 서점이다.

요즘에는 정말 다양한 서점들이 있다. 세상 모든 책을 다 갖추고 있을 것만 같은 대형 서점도 있지만, 서점 주인이 자신의 관심사와 취향대로 책을 골라 공간을 채운 작은 독립 서점도 있다. 독립 서점에는 작은 서점이 가지는 독특한 분위기와 감성이 있다. 서점 주인이 미리 읽어 보고 좋은 책을 골라 진열해 두기도 하고, 서점의 색깔과 어울리는 여러 가지 소품을 함께 팔기도 해 구경하는 재미도 있다. 기회가 된다면 주인과 책에 대한 진중하고 따뜻한 대화를 나눌 수도 있다. 책을 좋아하게 되면 책을 좋아하는 사람과의 대화가 언제나 즐겁다. 뿐만 아니라 서점 주인이 자체적으로 특색 있는 독서 모임을 꾸리기도 하고, 작가와의 만남을 진행하기도 하니 책과 가까워질 수 있는 절호의 기회가 될 수 있다. 그런 의미에서 독립 서점에 방문해 보는 것도 좋은 선택이다. 요즘은 온라인으로 책을 구입하는 것이 일반화되면서 서점에서 책을 구입하는 사람들이 점차 줄어들고 있다. 하지만 서점에는 '서점이라는 공간만이 내뿜는 무엇'이 있다.

바쁜 일상 속에 막간의 여유가 생긴다면 서점이나 도서관을 찾아가 보자. 혼자만의 시간이 생길 때는 혼자, 아이와 함께라면 아이의 손을 잡고 책을 사랑할 수밖에 없는 공간으로 가서 책의 매력에 흠뻑 빠져 보자. 책을 읽고 싶은 마음이 가슴 깊은 곳으로부터 차오를 것이다.

세 번째 방법으로는 읽고 싶은 책 목록을 써 보는 것이다. 어떤 물건을 사려고 마음먹어 본 경험을 떠올려보자. 사고 싶은 물건의 품목을 정하고 인터넷 검색을 해서 마음에 드는 후보 물건들을 몇 개 장바구니에 담아 놓는다. 장바구니에 물건들을 담고 결제 버튼을 누르기 전까지 내가 느끼는 감정은 바로 '설렘'이다. 아직 내 앞에 도착하지 않은 그 물건을 만나기 전까지 설렘은 결코 사라지지 않는다. 어쩌면 나에게 도착한 물건을 받아 택배 상자를 여는 그 순간보다도 물건에 대해 검색하고 그 물건을 가지게 될 나의 모습을 상상하는 시간이 더 설레고 행복할 수 있다.

'읽고 싶은 책의 목록을 정리해 놓는 것' 역시 '사고 싶은 물건을 장바구니에 담는 것'과 비슷하다. 지금은 바빠서, 혹은 다른 책을 읽느라 당장 읽지는 못하지만 꼭 읽고 싶은 책들. 읽으면 정말 재미있고 행복해질 것만 같은 책들을 위시리스트에 기록하면서 설렘을 느낄 수 있다.

그래서 올해는 독서 목록을 기록하면서 '읽고 싶은 책' 목록을 기록하는 페이지도 노션에 추가했다. 읽고 싶은 책의 제목들을 적어두고, 책을 읽고 싶은 마음이 들 때면 주저 없이 그 책들 중 한 권을 선택해서 읽었다. 당장은 책을 읽을 마음의 여유가 없어도, 읽고 싶은 책에 대한 정보를 찾아보고 제목을 옮겨 놓는 것만으로도 '읽는 사람'의 정체성을 놓치지 않은 기분이 들었고 실제로 독서로 이어졌다. 사람들이 책을 읽고 싶다고 생각한 다음 무슨 책을 읽을지 한참 고민하는 경우가 있는데, 나는 읽고 싶은 책의 목록을 미리 준비해 두니 언제나 읽을 책이 준비되어 있어 시간과 장소만 허락된다면 바로 읽을 수 있다는 점이 참 좋았다. 책 목록이 점점 늘어나다 보면 나도 모르게 잊혀가던 독서 욕구가 마음에서 천천히 생겨난다. 언제든지 읽을 수 있도록 책 목록을 저장해 놓는다면 책과의 '끈'을 놓지 않고 연결되어 있는 상태로 머물러 있게 되면서 책태기를 조금은 극복할 수 있게 된다.

그리고 SNS에 자랑하는 것도 책태기에서 벗어나는 방법 중 하나가 될 수 있다. 물론 책을 읽는 것이 가장 중요하고, 그 기록을 남기기 위한 수단으로 SNS에 감상을 공유하고 다른 사람들과 소통하는 것이 가장 이상적이다. 하지만 발상을 전환해서 오히려 'SNS에 올리기 위해' 책을 읽어보면 어떨까? 책 계정을 만들어 읽은 책의 표지를 예쁘게 촬영하고 간단한 감상과 태그만 추가해서 게시물을 올린다. 책태기에 빠져 책에 아예 손이 가지 않는다면, 인스타그램과 같은 SNS에 게시물을 올리고 싶다는 열망을 가지고 책 한 권을 천천히 집어드는 것도 괜찮다. 물론 SNS에 올리기 위해 책을 읽는 것이 반복된다면 주객이 전도된 것이겠지만, 책태기에서 벗어나기 위해 나의 의욕을 돋우는 방법으로는 나쁘지 않은 선택이다.

마지막으로 출판사에서 운영하는 서평단에 참여하는 방법이 있다. 출판사에서 자신 있게 내보이는 신간의 첫 번째 독자가 되어 책을 읽어 보는 것도 좋은 선택이다. 출판사에서는 신간이 나오면 홍보를 하기 위해 서평단을 꾸려 책을 무료로 제공하고, 책을 받은 독자는 정해진 기한 안에 책을 읽고 개인 블로그나 인스타그램, 인터넷 서점 홈페이지에 서평을 업로드해 주는 역할을 한다. 나는 책한 권을 읽기 전에는 어떤 책을 읽을지 많이 고민하고 찾아본 후 결정을 내리는 편이지만, 무기력에 빠졌을 때에는 그마저도 힘이 들었다.

내가 책태기에 빠져 허우적댈 무렵, 인스타그램의 알고리즘이 자연스럽게 나를 서평단을 모집하는 피드로 이끌었다. 블로그와 노션에 주로 독서 기록을 하는 편이었지만, 인스타그램도 책 계정을 하나 만들어 가끔이나마 책 사진과 서평을 간략하게나마 올렸었더니 그게 계기가 되어 서평단 모집 피드로 이어진 것이다. 매력적으로 보이는 책 몇 권을 골라 서평단에 지원했는데, 실제로도 따끈따끈한 새 책이 예쁘게 포장되어 집으로 배달되었다. 몇 월 며칠까지 정해진 온라인 서점이나 블로그에 서평을 올려달라는 편집자분의 메시지도 함께 말이다. 여유가 없어 우선순위에서 밀렸던 독서가 마감일이 생기면서 다시 긴장감이 생겼고, 매력을 뿜어내는 신간의 매력을 느끼니 다시 책 읽기의 흐름에 올라탈 수 있었다. 이처럼 서평단을 신청하여 '마감일'에 맞춰 책을 읽고 서평을 작성하는 것도 도움이 된다. 특히 독서가 정체되어 있거나 자극이 필요하다면 세상에 갓 나온 책을 읽고 빳빳한 책장을 넘기며 책 맛을 느껴 보자. 잊고 있던 책의 감각이 나를 다시 일깨울지도 모른다.

책태기는 때로는 의지와 상관없이 내가 처한 상황 때문에 오기도 하고, 또는 책을 읽을 만한 상황이 충분히 되는 데도 의지가 충분하지 못해 찾아오곤 한다. 하지만 이런 상태에 머물러 있기를 원하는 사람은 아무도 없을 것이다. 책태기에서 벗어나기 위한 방법으로 몇 가지 얘기를 했지만, 가장 중요한 것은 '마음'이다. 바쁘고 힘든 일상이지만 틈이 생기면 책에게 다가가겠다는 그 마음이 있다면 책태기는 극복할 수 있을 것이다. 언제나 그렇듯, '마음'이 중요하다.

키친 테이블 독서,
그리고 저절로 되는 책 육아

가끔 아이와 함께 집 근처 도서관에 들러 책을 대여하고 카페에 가곤 한다. 나는 커피를 주문하고, 아이를 위해 좋아하는 음료수와 케이크를 주문해 주고 각자의 시간을 보낸다. 나는 나대로 읽고 있던 책을 조용히 읽고, 아이는 기대에 부푼 눈빛으로 도서관에서 갓 빌려 온 '신상' 책을 펼쳐 들고 책에 푹 빠져든다. 각자 책을 읽다가 나와 눈이 마주치면 배시시 웃는 아들의 모습을 참 좋아한다. 아들과 카페에서 마주 앉아 책을 읽는 게 정말 가능하냐고 묻는 사람들이 있다. 스마트폰이 없이는 아들과 카페에서 잠깐도 앉아 있기 힘들다는 것이다. 하지만 내 아이의 경우 좋아하는 책만 손에 쥐어주면 함께 시간을 보내는 건 어려운 일이 아니다. 그저 서로가 좋아하는 일을 하고 있을 뿐이다. 내가 책을 읽으니 너도 책을 읽으라고 아이에게 강요하는 것이 아니다. 책을 읽으며 서로 각자의 고유한 세계에 빠져드는 것, 이것은 충분히 가능한 이야기이다.

아이가 태어나는 순간 엄마는 고민에 빠진다. 이 아이를 어떤 아이로 키워야 하지? 어떤 방식의 육아가 '옳은 걸까?' 이 물음들 속에서 내가 찾은 답은 '책을 좋아하는 아이로 키우고 싶다', 그리고 '읽는 힘을 길러주고 싶다'는 것이었다. 내가 여러 가지 책을 통해 다른 사람들이 살아가는 모습들을 들여다보고, 그 세계 속의 사람들을 이해하며 마음의 방을 넓혔던 것처럼 아이가 경험하는 세계가 책을 통해 조금 더 커지기를 원했다. 책 속에 담긴 세상을 보고, 책 속 이야기를 통해 처음 보는 상황을 경험하면서 내가 보고 듣는 것 이외에 또 다른 세상이 있다는 것을 자연스럽게 알기를 원했다. 무궁무진한 이야기 속의 세계를 상상해 보고, 이야기에 등장하는 여러 가지 상황을 마치 자신의 이야기처럼 생각해 보았으면 했다. 이런 경험을 통해 아이가 처음 겪는 일들을 마주했을 때 조금은 여유로운 자세를 가질 수 있지 않을까 기대했다. 이미 책 속에서 많은 것들을 보았으니, 조금은 다르지 않을까 하는 기대였다. 나아가 다른 사람을 품어주는 이해와 수용의 자세, 누군가의 마음을 헤아려주는 공감 능력까지도 책이 해결해 줄 것이라고 믿었다.

그리고 '책을 좋아하는 마음과 읽는 힘', 이 두 가지만 있다면 나중에 아이가 학교에 가서 본격적인 공부를 하게 되었을 때에 큰 도움이 될 거라고 생각했다. 모든 공부는 읽기에서 시작된다는 것, 읽을 수 없으면 그 어떤 공부도 수월하지 않을 것이라는 걸 잘 알고 있었다. 예를 들어 수학 문제를 풀 때, 문장으로 서술되어 있는 문제의 의도를 이해하지 못하면 결국 문제를 해결하는 데 시작부터 어려움을 겪는다. 이는 곧 읽는 힘이 공부하는 과정에서 가장 기본이 되는, 밑바탕이 된다는 것을 의미한다. 이때 읽는 힘은 결국 '문해력'을 의미한다. 아이는 꾸준한 책 읽기 경험을 통해 성인이 되어서도 수많은 지식들 앞에서 움츠리지 않을 수 있고, 깊이 있는 문학 작품들에 푹 빠져 그것을 즐길 줄 알게 되는 힘을 가지게 될 것이다.

아이에게 거울이 되기로 했다

아이에게 난 어떤 엄마일까? 책을 가까이하고 좋아하는 엄마다. 색색깔의 화려한 재료로 이유식을 만들거나 메뉴를 매일 바꿔 식판을 꽉 채워주지는 못해도, 인스타그램에 나오는 살림 100단 엄마처럼 집을 누구보다 깔끔하게 유지하는 완벽한 엄마는 못되더라도, 화장대든 식탁이든 읽다 만 책을 수북하게 쌓아놓고 틈만 나면 책에 손을 뻗어 찾는 그런 엄마다. 책꽂이에 엄마가 좋아하는 책들을 잔뜩 꽂아놓고 아이가 좋아하는 이야기가 나오면 금세 엄마의 책과 연결되는 부분을 찾아 내밀며 대화를 나누는, 아이에게 나는 '책을 좋아하는 엄마'다.

'부모는 아이의 거울'이라는 말이 있다. 내가 무심코 하는 행동, 언어, 말투까지 그대로 따라 하는 아이를 보고는 가끔 깜짝 놀라곤 한다. 이럴 때면 아이에게 엄마라는 존재의 모습이 큰 힘을 가졌다는 것을 새삼 느낀다. 사회 심리학자 반두라는 인간은 다른 사람의 행동과 그 결과를 관찰하며 학습을 한다고 보았다. 학습자는 모델이 되는 대상의 행동을 집중해서 유심히 관찰하고, 관찰한 장면을 이미지나 언어로 기억한다고 한다. 그다음 그 모델의 행동을 직접 따라 하며 무언가를 배우게 된다고 본다는 것이다. 아이가 세상에 태어나 바라보는 첫 번째 사람, 그리고 절대적인 믿음을 가지고 의지하는 첫 번째 사람이 바로 엄마다. 그런 엄마는 아이에게 모델, 즉 거울이 되어 아이가 무언가를 배우고 싶어 하는 대상이 된다.

난 아이에게 거울이 되기로 결심했다. 거창한 책 육아를 하기보다는 내가 책을 가까이하고 즐기는 모습을 아이가 보게 되면, 아이도 그것을 보고 배울 거라고 생각했다. 아이에게 좋은 거울이 되면, 나의 독서가 아이의 독서로 이어질 것이라고 믿었다. 그래서 아이가 책을 읽을 때, 나도 옆에서 내 책을 읽곤 했다. 내가 책을 재미있게 읽는 것을 아이는 보고, 그것을 따라 했다. 열심히 자기가 읽고 있는 책을 읽다가도 엄마의 책에 관심을 가지며 무슨 책을 읽느냐고 묻기도 하고, 자신도 책을 읽고 있다고 자랑스레 말하기도 했다. 아이는 엄마와 자신이 같은 공간에서 함께 책을 읽고 있다는 그 사실에 친밀감을 느낀 것 같다.

아이들은 어떤 놀이가 재미있어 보이면 함께 놀고 싶어 한다. '책을 읽으면 여러모로 좋으니까 책을 꼭 읽어야 해.'라고 말하며 인기 있는 전집을 사 주고 책꽂이에 전시해 놓는 것보다는 '엄마 지금 이 책 읽고 있는데 정말 재미있다'라고 말하며 책이 재미있다는 사실을 보여주면 아이는 책장 앞을 어슬렁거리며 책을 고를 것이다. 손에 책을 쥐어주는 것이 아니라, 책 읽기가 정말 즐거운 놀이라는 사실을 보여주는 것, 즐거운 놀이를 마음을 다해 즐기는 엄마의 모습을 보여주는 것이야말로 책 육아의 시작이다. 책 한 권을 손에 들고 소파에 기대어 앉으면 아이가 자기가 읽을 책을 조용히 꺼내 들고 옆자리에 앉는다. 그 시간은 아이와 책이, 아이와 내가 점점 가까워지는 시간이었다.

아이의 동생이 태어났다. 정확히는 동생이 아니고 '동생들'이. 한날한시에 태어난 두 명의 아이들에게 첫 아이에게 해 준 것처럼 책을 많이 읽어줄 수 있을까. 책을 좋아하게 만들 수 있을지 걱정이 앞섰다. 책을 읽는 엄마의 모습을 보여주기에는 그때의 난 너무 바쁘고 정신이 없었다. 하나부터 열까지 마치 첫 아이를 키우는 것처럼 어렵고 생소한 순간이 많았다. 성별이 다른 두 아이를 한꺼번에 돌보는 건 난생 처음이니까. 이런 상황 속에서 책 육아를 고민하는 건 사치에 가까웠는데, 신기하게도 동생들은 책을 좋아하게 된 것 같다. 그 이유는 무엇일까? 첫 아이의 책 읽기에 있었다.

온 집안 사람들의 시선이 어린 동생들에게 가 있을 때, 첫 아이는 거실에서 책을 읽었다. 동생 보행기에 장난삼아 앉은 채 집중하며 책을 읽는 장면은 나에게 재미있는 장면으로 기억되어 있다. 동생들은 점점 자라면서 매일 책 읽는 첫 아이의 모습을 보았다. 엄마가 책을 읽으라고 시키지 않아도 틈만 나면 책장으로 달려가 읽을 책을 골라 드는 첫째 아이를 보며 동생들은 '책을 읽는 게 저렇게 재미있는 거구나'라는 생각을 하게 되었을 것이다. 그래서일까. 사실 둥이들에게는 책을 엄청나게 많이 읽어주지도 못했고, 우아하게 책을 읽는 엄마의 모습을 보여주지도 못했다. 하지만 첫 아이

에게 내가 거울이 되었던 것처럼, 이번엔 첫 아이가 동생들의 거울이 된 것이다. 그렇게 세 아이들은 모두 책에 대해 좋은 감정을 가지게 되었고, 책 읽는 일이 즐거운 놀이라는 생각을 하게 되었다. 아이들은 자신이 바라보는 것을 보고, 그대로 배운다.

모든 것은 감각으로 기억된다

모두가 잠에서 서서히 깨어나는 아침, 방 안에서 들리는 보글보글 찌개 끓는 소리. 엄마가 탁탁탁 칼질하는 소리. 방문을 열고 나오면 맡을 수 있는 맛있는 음식 냄새까지. 내가 기억하는 어린 시절의 순간이다. 어린 시절 경험한 많은 것들이 어른이 되면서 기억에서 사라졌지만 어떤 순간들은 온몸의 감각으로 남아 있다. 수능 시험을 보던 날의 기억 중 많은 부분이 사라졌지만, 그날의 차가웠던 공기와 시험장의 후끈한 열기가 살갗에 닿는 그 '감각'은 아직도 남아 있는 것처럼 말이다.

나는 아이에게 '감각으로 기억되는 책 읽기 경험'을 주고 싶었다. 그래서 아이에게 책을 읽어줄 때면 늘 무릎에 앉혀 놓고 읽었다. 아이가 마치 둥지 같은 엄마 품에 편안하게 앉아 온기를 느끼며, 엄마에게 보호받고 있다는 정서적인 안정감을 느끼길 바라는 마음에서였다. 서로 맞닿은 채로, 엄마의 목소리를 통해 같은 이야기를 읽어나가는 그 순간의 경험들은 아이와 나 사이의 깊은 유대감을 만들어 준다. 난 이런 유대감이 결국 애착으로 이어지고, 엄마에 대한 신뢰로 이어진다고 보았다.

아이에게는 책을 읽어주는 엄마의 따뜻한 목소리는 잊을 수 없는 추억이 된다. 나 또한 어린 시절 엄마가 동화책을 읽어주던 목소리와 분위기를 기억하고 있다. 엄마는 나에게 그림책 한 권을 읽더라도 친절한 목소리로 감칠맛 나게, 그리고 정말 실감 나게 읽어주시곤 했다. 내 아이들이 태어나고, 할머니가 된 우리 엄마가 아이들에게 가끔 책을 읽어주시는 모습을 지켜볼 때면 어린 시절 엄마가 나에게 읽어주셨던 그 순간으로 돌아간 것 같은 기분이 들기도 했다. 그래서 나도 그때의 엄마처럼 매일매일 아이에게 다정한 목소리로 책을 읽어주었다. 그래서인지 첫 아이가 초등학생, 동생들이 유치원생이 된 지금도 여전히 아이들은 엄마의 목소리로 책을 읽어주는 순간을 가장 좋아한다. 그림책 한 권을 둘러싸고 옹기종기 모여서 그림책 속의 세계에 푹 빠져 내가 그림책 속의 인물인 것처럼 슬퍼하기도 하고, 기뻐하기도 하고, 화내기도 하며 책을 읽어준다. 아이는 이 순간을 감각으로 기억할 것이다.

안방을 제외하고는 거실, 놀이방, 서재에 모두 책장을 두었다. 첫 아이가 태어났을 때는 텅텅 비어 있던 책장이 조금씩 조금씩 채워져 어느새 꽉 차 버렸다. 동생들이 태어나게 되면서 아이들이 크면 첫 아이가 보던 책을 읽을 것 같아 처분하지 못하게 되어 책은 점점 불어났다. 그래서 우리 집 책장은 초등학생인 첫 아이를 위한 책들, 유치원생인 동생들을 위한 책들로 가득하다. 이렇게 책으로 가득한데 책을 좋아하는 엄마와 아빠의 책들도 많아서 집 여기 곳곳에서 존재감을 뽐내고 있다. 나는 평소 책들을 손이 잘 닿는 곳에 놓아두는 편이다. 서재 책꽂이나 화장대에 요즘 읽고 있는 책들을 두고 시간이 날 때마다 들여다본다. 그래서 우리 집은 마치 작은 도서관 같이 느껴진다. 아이들은 자라면서 책으로 둘러싸인 우리 집을 날마다 본다. 어느 방에 가도 책들이 가지런히 꽂혀 있고, 누가 시키지 않아도 자연스레 책을 읽는 가족들의 모습을 바라본다. 나는 아이들이 바라보는 이 모든 것들이 영화의 한 장면처럼 이미지로 기억에 남을 것이라고 믿는다.

책을 처음 샀을 때의 그 빳빳한 느낌. 다음 이야기를 궁금해하며 책장을 넘기는 촉감. 그림책의 결말에 대해 궁금해하며 자신의 생각을 재잘거리는 아이의 말. 엄마에게 책을 읽어달라고 꺼내 들고 왔을 때 귀찮아하지 않고 환하게 웃으며 아이를 맞이하는 표정. 이 모든 것들이 아이에게는 감각으로 기억된다. 이런 감각들을 느껴본 아이가 책을 좋아하게 되는 것은 어쩌면 당연한 일일 것이다.

책 육아의 극적인 효과는 아이가 문자를 스스로 인식한 것이었다. 첫 아이가 다섯 살이었을 때, 여름으로 기억한다. 어느 날 택배 상자에 있는 글씨를 스스로 읽어나가는 아이를 보고 깜짝 놀랐다. 아이는 엄마와 책을 읽는 경험 속에서 책에 쓰여 있는 글자와 엄마가 들려주는 소리를 연결 지으며 글자를 익히고 있던 것이었다. 이른 문자 학습의 부작용에 대해서도 들은 적이 있었기에, 문자 학습에 대해 크게 욕심을 부리지 않았지만 아이가 내적 호기심을 발휘해 문자를 익힌 것은 정말 기특했다. 아이는 문자를 익혔지만 읽기 호흡이 빠르지 않았기 때문에 그때에도 꾸준히 책을 많이 읽어 주었다.

아이가 일곱 살이 되었을 즈음. 아이는 제법 긴 글밥의 책들을 혼자 읽고 내가 예전에 책을 읽어주고 옆에 탑을 쌓아놓은 것처럼 차곡차곡 쌓아 놓았다. 동생들의 요란한 싸움과 투정, 놀이에도 아랑곳하지 않고 책을 읽을 때는 자신만의 고요한 세계에 빠져드는 것 같았다. 심심할 때 책을 찾아 읽고, 책에서 세계를 배우는 아이. 다른 아이들처럼 영어 조기교육을 받아 원어민처럼 영어로 말하지는 못해도, 어려운 수학 연산을 줄줄 해내지 못해도 아이에게는 '글을 읽어나가는 힘'이 생겼다는 것이 느껴졌다.

어엿한 초등학생으로 성장한 아이는 이제 학습 만화에 눈을 떠 깔깔깔 웃으며 책에서 눈을 떼지 못하곤 한다. 만화책에만 몰입하는 모습이 적이 걱정되었지만, 만화책은 만화책 대로 즐기고 줄글 책은 줄글 책대로 즐기는 모습을 보니 마음이 놓였다. 아이를 위해 전집 무료 대여 서비스를 이용하고 있는데(이는 나처럼 아이를 데리고 도서관에 가서 책을 대량으로 빌려올 시간이나 여유가 없는 사람들에게 참 유용한 서비스다!) 내가 봤을 때 아이가 읽어보면 좋을 것 같은 책과 아이가 좋아할 것 같은 책을 적절하게 섞어서 한 상자 대령하면 집 안에서 아이의 목소리가 들리지 않을 정도로 깊이 몰입하곤 한다. 한 권 읽고 옆에 두고 또 한 권 읽고 옆에 두며 책으로 탑을 쌓는다. 좋아해서 읽는 아이, 읽는 힘을 가진 아이가 된 것 같아 대견하다.

"엄마, 엄마는 비 오는 날 카페에 앉아서 빗소리 들으면서 책 읽는 게 제일 좋아?"

아이가 묻는다. 통창으로 된 카페에 앉아서 아이와 책을 읽을 때 내가 했던 얘기를 기억한 것 같다. 어느 드라마 속 시간이 어린아이의 기억에서 어른이 된 현재로 소환되는 것처럼, 나는 아이가 성인이 되었을 미래의 어느 시간을 상상해 본다. 우린 그때쯤 빗방울이 탁탁탁 유리에 부딪히는 소리를 들으며, 카페에 조용히 마주 앉아 같은 책을 읽고, 책 이야기를 함께 나눌 수 있을까. 나의 독서와 너의 독서가 만나 이어지는 그 순간을, 엄마는 설레는 마음으로 기다려 본다.

책을 좋아하는 아이로 만들어주고 싶다는 것, 읽는 힘을 길러주고 싶다는 나의 소망은 일단 절반 정도는 이루어진 것 같다. '어린이용 그리스 로마 신화' 책을 꺼내어 엄마의 '그리스 로마 신화' 책과 비교해 보며 같은 그림을 발견했다며 기뻐하는 아이를 보며, 마음속으로 이렇게 말해 본다. 계속, 꾸준히 읽다 보면 엄마가 읽는 책도 너의 것이 된다고. 아이가 점점 자라면서 깊고 넓은 책 속의 세계를 만나게 되는 날을 그려본다. 어릴 때 보던 책에는 생략되고 압축되었던 책의 세계들이 어른이 되어서 보게 될 책 속에서는 더 깊어지고 넓어질 것이다. 아이는 자라며 길러온 '그 힘'으로 세계를 이해할 것이다. 그것이야말로 내가 아이에게 줄 수 있는 가장 큰 선물일 것이다.

키친 테이블 독서,
그리고 글쓰기

사실 나는 단 한 번도 스스로 글을 잘 쓴다고 생각해 본 적이 없다. 물론 글쓰기에 소질이 있다고 생각한 적도 없다. 글을 잘 쓰는 사람을 보면 '저 사람은 재능이 있네!'라고 여기며 그 사람은 날 때부터 천부적인 자질을 받았고, 그 역량을 발휘하는 것이라고 생각했다. 그래서 글을 잘 쓰는 사람은 언제나 부러움의 대상이었다. 커서가 깜빡이는 하얀 화면을 보면 어떤 글을 써야 할까 막막하기조차 했다. 그랬던 내가 지금처럼 '쓰는' 사람이 되었다. 블로그에 꾸준히 서평을 쓰고, 지금은 급기야 책까지 쓰고 있다. 예전의 내 모습을 떠올려 보았을 때 이건 정말 극적인 변화이다. 도대체 무슨 일이 있었던 것일까.

블로그에 본격적으로 일상을 기록하기 시작한 것은 첫 아이를 키우면서이다. 아이를 낳고 키우게 되면서 한 인간의 삶은 180도 바뀌게 된다. 극적인 변화이다. 누구에게도 얽매이지 않고 자유롭게 살던 시절과는 전혀 다른 삶이 펼쳐진다. 내가 낳은 생명에 대한 의무와 책임이라는 무게가 내 어깨에 얹히고, 그 무게감을 고스란히 느끼며 나의 삶을 이끌어나가야 한다. 대가 없는 사랑과 돌봄이 있어야만 먹고 자며 조금씩 자랄 수 있는 작은 생명체를 건사하기 위해 나 자신은 오롯이 내려놓아야 한다. 그야말로 헌신과 희생이 육아의 전제가 된다. 첫 아이에 대한 감정은 애정, 놀라움, 감동, 불안, 죄책감, 책임감, 슬픔 등 온갖 것들이 뒤섞여 있었다. 수많은 감정 중에서 빠진 것이 있었으니 바로 '자신감'이었다. 가까운 친구, 길 가는 사람, 인스타그램, 문화 센터에서 접촉하는 온갖 사람들에 비추어 스스로를 비교하고 내가 처한 상황과 능력치에 대해 낮은 점수를 주었다. 그리고 나선 혼자 절망과 외로움에 빠졌다.

　첫 아이를 키우는 과정은 무척 어려웠다. 어릴 때 태열이 생기는 건 흔한 일이라고 하는데, 100일이 지나도 200일이 지나도 아이 얼굴과 온몸이 울긋불긋했다. 침독이라고 생각했지만 너무 심했고, 땀띠라고 생각했지만 쉽게 가라앉지 않았다. 검사를 해보니 심한 음식 알레르기였다. 알레르기를 유발하는 물질을 집에서 모조리 치우고, 매일같이 하루에도 몇 번씩 로션을 바르며 보습을 해주었다. 그때만 해도 자기 의사를 표현하지 못했던 아이는 발진이

나면 더 울고 보챘다. 조금이라도 아이의 피부가 안 좋아지면 내가 아이에게 한 행동이나 먹인 음식을 거슬러 올라가며 잘못한 일의 원인을 추적해 보곤 했다. '괜히 나 즐겁자고 아이를 데리고 모임에 갔구나', '내가 그 음식이 묻은 손으로 아이를 만져서 얼굴이 이렇게 되었나 봐.'와 같은 생각들을 했고, 의문과 자책의 감정들이 점점 커졌다. 아이를 데리고 누군가를 만나려고 약속을 잡았다가도 약속 당일 아이 얼굴이 엉망이 된 걸 보고 절망하기도 했다. 어린이집 간식에 알레르기 유발 물질이 조금이라도 포함되면, 알레르기 반응이 올라올까 봐 알레르기 유발 물질이 없는 재료들로 같은 모양 간식을 만들어 종종거리며 가져다주기도 했다. 매일 잠들기 전 '내일 아침에는 우리 아이 피부가 좋아지게 해 주세요'라고 기도하던 그 시절. 나에겐 육아가 너무나 어려웠고 마음을 다스리기가 힘들었다. 지금 생각해 보면 자존감이 가장 낮았던 때인 것 같다.

남들은 다들 씩씩하게 육아를 하고 하물며 잘하기까지 하는데 왜 내 육아는 이렇게 어렵고 힘든 건지. 정해진 대상 없이 누군가를 원망하던 그 시절이 글쓰기의 시작이었다. 그때부터 조금씩 하루의 기록을 남기기 시작했다. 아이가 성장하는 것을 기록했지만, 사실 나의 감정 기록장이었다. 쓰지 않으면 마음이 힘들어서, 이렇게라도 털어내고 싶어서 쓰기 시작했다. 나와 비슷한 육아를 하고 있는 사람들이 남겨놓은 글을 보고 위로받기도 했고 그 글에 댓글을 달며 소통하기도 했다. 나도 글을 남겼고, 비슷한 상황을 겪고 있는 누군가가 조용히 공감하거나 달아주는 댓글에 위로받기도 했다.

글을 통해 나의 경험과 감정을 드러내는 건 낯설고 부담스러운 일이었지만, 글을 쓰면서 마음이 어루만져지고 있다는 것을 느꼈다. 내 마음이 힘들었던 점, 그 이유를 글로 적어 내려가는 그것 자체만으로도 내 감정을 조금 다스릴 수 있었고 위로받을 수 있었다. 또 온라인상의 이웃들과 글을 통해 소통하면서 다른 사람에게 요구하지 않아도 이해받을 수 있었다. 글을 써서 나의 묵은 감정들을 해소할 수 있던 나만의 해우소, 그곳에서의 작은 해방이 없었다면 그때 나는 더 많이 힘들었을 것 같다. 이렇게 아이를 키우며 겪은 일들과 생각을 글로 남기게 되면서 블로그는 '쓰는 공간'이 되었다. 있어도 그만, 없어도 그만이었던 블로그는 나에게 꼭 필요한 곳이 되었다.

아이를 키우면서 조금씩 책을 읽어나갔다. 내 삶에서 나를 위한 시간과 공간을 어느 정도 갖추고, 천천히, 꾸준히, 성실하게. 이렇게 읽고 나니 그냥 책을 덮어버리기에는 아쉬운 마음이 들었다. 어떤 책은 마음 깊이 들어와 거센 파도를 일으키는 것들이 있는데, 내 마음에 와서 닿은 글자들과 느낀 감정들을 나의 언어로 남겨 놓고 싶다는 생각이 들었다. 정말 잘 쓴 글, 완벽한 글을 쓰고 싶다는 마음보다는 책을 읽으면서 느낀 감정과 생각들을 사라지지 않게 만들고 싶다는 간절함이었다. 참 신기한 일이었다. 읽고 나니, 자연스레 쓰고 싶어졌다. 그릇이 채워지니, 그제야 흘러넘치는 것 같은 이치였다.

그래서 내게 주어진 체력과 시간의 한계 속에서 나름의 서평을 남기려고 노력했다. 체력이 바닥으로 떨어지거나 시간이 없을 때에는 짧게 쓰기도 하고, 모든 상황이 허락할 때에는 온 마음을 담아 쓰기도 했다. 쓰면서 책을 뒤적거리며 다시 살피고, 표시해 놓은 구절들을 한 번씩 천천히 음미해 보기도 했다. 내 삶과의 접점을 찾아보기도 했다. 책의 내용을 내 삶에 적용시켜보기도 했고, 만약의 상황을 가정해보기도 했다. 이 과정을 거치면서 자연스레 나를 돌아볼 수 있었고, 위로받고 성장할 수 있었다. 내가 처한 상황에 대해 좌절하고 우울해하기보다는, 책을 통해 다른 세계를 만날 수 있다는 사실에 기뻐했고 책을 읽고 글을 쓰며 나의 감정들을 정리할 수 있었다.

이렇게 조금씩 써 온 글들은 지금 블로그에 차곡차곡 쌓여 있다. 그 글들은 크게 아이들 성장 일기와 독서 기록으로 나뉜다. 여전히 지금도 아이들이 커 가는 모습을 꾸준히 글로 남기고 있다. 요즘은 바빠서 날짜와 있었던 일 정도를 간략하게 기록해 두는 날도 많고, 한꺼번에 일주일 단위로 기록하는 일도 있다. 하지만 첫 아이가 태어나고 십 년이 되어가는 지금까지 꾸준히 써 가고 있다는 것에 의미를 두고 싶다. 책을 읽고 난 뒤 서평도 계속해서 남기고 있다. 때로는 공을 들여 정성스럽게 쓰고, 때로는 구절을 인용하고 간단한 감상을 덧붙이는 정도에 그치기도 한다. 그렇게 써 내려간 글들이 꽤 많이 모였다. 그 글 속에는 책의 이야기도 있지만 나의 이야기도 있기에 나에게는 그 글들이 추억이 된다. 매끈하지 않고 울퉁불퉁하게 모인 그런 기록들이, 내 마음을 채워 준다.

내가 읽은 책에 대해, 나의 독서에 대해 누군가에게 책을 써 이야기하고 싶다는 생각을 하게 된 것도 이 글들이 있었기에 가능한 일이었다. 읽은 책들에 대한 나의 감정들이 휘발되는 것이 아쉬워 시작한 짧은 글들이 쌓이고 쌓여 책의 바탕이 된 것이다. 완성도 높고 거창한 서평을 쓰려고 애를 쓰면 그것도 부담스러운 일이다. 기록을 남기는 데 의의를 두고, 읽었으면 일단 '쓰는 것'이 중요하다. 책의 내용을 간단하게 요약하는 기록부터 시작해도 좋다. 책의 말들을 나의 언어로 다시 쓰는 순간, 나의 글쓰기는 시작되는 것이니까.

쓰는 사람이 된다는 것은 참 매력적인 일이다. 꾸준히 기록하는 것은 재미있고 보람 있는 일이다. 읽은 것을 기록하고, 그에 대한 느낌을 짧게라도 적어보자. 나의 언어로 한두 줄이라도 감상을 써 본 책과 그렇지 않은 책은 분명히 다르게 기억 속에 남는다.

제 4 부

키친 테이블에 놓인
책 한 권

좋은 책들이 참 많다. 시간과 싸우며 몇 년을 살아오면서, 귀중한 시간을 할애해 책을 읽었다. 그 시간을 몽땅 내어준다 해도 아깝지 않은 책들이 있다. 읽고 나면 내가 더 좋은 사람이 될 것 같은, 혹은 내가 몰랐던 사실들을 책을 통해 깨닫게 되는 책들이다. 글을 통해 누군가의 삶을 대신 살아보며 함께 슬퍼하고 기뻐하는 경험을 하게 해 준 책들도 있다. 네모난 모양의 책들, 비슷하게 생긴 빽빽한 글자들로 이루어진 책들이지만 그 속에 담긴 이야기의 빛깔들은 매우 다르다. 책은 늘 나에게 지금 내가 있는 자리에서 벗어나 다른 세상을 살아볼 수 있게끔 친절하게 손을 내민다. 4부에서는 그런 책들에 대한 이야기를 해보려 한다.

행복해지고 싶은 마음

버트런드 러셀, 〈행복의 정복〉

"행복해지고 싶어서"

무엇을 위해 이렇게 아등바등 살아가는 거냐고 묻는다면 많은
사람들이 '행복해지기 위해서'라고 답을 할 것 같다. 나 또한 행복
한 삶을 꿈꾼다. 그렇기 때문에 스스로 불행하다는 생각이 들 때면
삶에 대한 만족도가 떨어지고 스스로에 대한 자존감도 낮아진다.
하지만 이렇게 행복을 추구하며 살면서 막상 행복의 본질이나 성
격, 행복해질 수 있는 방법 등에 대해 구체적으로 생각해 본 적은
없다. 그래서일까. 누군가가 내가 왜 불행한지, 우울한지 이유를
말해주고 의사 선생님처럼 처방을 내려준다면 참 좋겠다고 생각할
때가 있다.

러셀의 〈행복의 정복〉에서 글쓴이는 행복을 '구체적인 것'으로 다룬다. 행복이 추상적인 대상이고 막연하게 실체가 가려져 있는 것이어서 다가가고는 싶지만 어떻게 해야 하는지는 도무지 알 수 없는 것에 머무른다면, 한낱 평범한 인간인 내가 그것을 가질 도리가 없다. 하지만 러셀은 행복하지 않다면 '왜' 행복하지 않은지, 행복하기 위해서는 '어떻게' 해야 하는지를 구체적으로 알려준다. 어렴풋이 생각만 하던 것들을 그가 조목조목 짚어주는데, 설명이 명료하고 가슴에 와닿아서 무릎을 치게 된다. 행복을 '정복'한다는 두 글자에서 느껴지는 명쾌한 자신감은 괜한 것이 아니었다. 대부분 많은 사람들이 행복해지고 싶지만 그 방법을 몰라 방황하는데, 러셀은 노력한다면 행복을 '정복'할 수 있다고 말한다.

러셀은 행복이 세계를 인식하는 방식인 '사고'와 관련이 있다고 하며, 자신이 그것을 '다룰 수 있을 때' 비로소 행복해질 수 있다고 말한다. 나는 행복을 '다룬다'는 표현이 참 좋았다. 행복은 내가 생각을 달리 하고, 어떻게 마음먹느냐에 따라 얻을 수도 있고 잃을 수도 있는 것이라는 뜻으로 받아들였다. 평소에 난 행복은 평범하게 흘러가는 일상을 살다 보면 어쩌면 행운처럼 올 수도, 오지 않을 수도 있는 것이라고 생각했고 '운'이나 '운명'에 가까운 것으로 여겼다. 그런데 그는 범접할 수 없는 결과치로 여겼던 '행복'을 내가 '다룰 수' 있는 것이라고 말한다. "노력하면 행복해질 수 있다!"

라니. 이것만큼 나에게 용기를 불어넣어 주는 말은 없었다.

"나는 불행으로 고통당하고 있는 수많은 사람들이 바람직한 방향으로 노력하기만 하면 충분히 행복해질 수 있다는 믿음에서 이 책을 썼다."(9p, 저자 서문)

이 책은 크게 두 부분으로 나누어져 있다. 사람들이 행복할 수 없는 이유와 행복해질 수 있는 방법이다. '행복이 당신 곁을 떠난 이유'에서는 왜 우리가 스스로를 불행하다고 생각하는지에 대해 차근차근 풀어나간다. [자기 안에 갇힌 사람, 이유 없이 불행한 당신, 경쟁의 철학에 오염된 세상, 인생의 끝 권태, 걱정의 심리학, 질투의 함정, 불합리한 죄의식, 모두가 나만 미워해, 세상과 맞지 않는 젊은이] 방금 나열한 소제목들만 보아도 잘못된 사고와 인식이 불행의 원인이 된다는 것을 금세 알 수 있다.

러셀은 '걱정'에 대해 이야기하며, 스스로에게 찾아오는 부정적인 감정을 '통제'할 수 있어야 한다고 말한다. 걱정해야 할 현실적인 문제를 외면하라는 것이 아니다. 걱정에서 파생되는 부정적인 감정에 매몰되지 말고, 때로는 그 감정에서 스스로 빠져나올 줄도 알아야 한다는 것이다. 책을 읽고 나서 나는 지금 걱정하고 있는 것이 무엇인지, 나를 걱정하게 만드는 원인이 무엇인지 객관적으로 바라보아야겠다고 생각했다. 걱정의 대상이 막연하면 오히려 더 불안하고 마음이 안정되지 않기 때문이다.

평소 나는 부정적인 감정을 느낄 때면 그 원인에 대해 객관적으로 생각해보기 위해 글로 내가 느끼는 감정과 그 감정을 유발한 것들에 대해 최대한 자세히 적어보곤 한다. 내가 느끼는 부정적인 감정들에 대해 글로 적으면 그 실체에 대해 잘 알 수 있게 되고, 감정을 통제할 수 있게 되기 때문이다. 고통과 슬픔은 그 실체가 명확하지 않을 때 자신이 가진 것보다 훨씬 큰 힘을 발휘한다. 하지만 그것들이 무엇 때문에 생겨났는지, 그 크기가 얼마나 큰지를 차분하게 적어 나가다 보면 격앙되었던 감정이 점차 가라앉는 것이 느껴지며, 점점 내가 불편하게 하는 것의 실체가 구체적으로 드러나게 된다. 그리고 마침내 만나게 된 걱정의 덩어리가 그리 크지 않다는 것을 알 수 있다.

> 걱정하고 있는 문제가 대단치 않은 것임을 깨닫는 것만으로도 상당히 많은 걱정을 줄일 수 있다. (p.80)

'질투'라는 감정은 행복이라는 상태에 도달하는 데 영향을 미칠까? 의외로 나의 행복에 '타인'이 관여하는 바는 상당히 크다. 타인이 내 삶에 영향을 주지 않게끔 그들을 멀리 하면 되지 않느냐고 반문할 수도 있다. 하지만 우리는 은연중에 끊임없이 타인의 삶에 노출된다. 기껏해야 주변 몇 사람의 안부나 근황만을 알고 살던 시대가 아니다. 스마트폰 속 작은 앱 하나로 모두와 연결되어 나와 다른 이들의 삶들을 손쉽게 들여다볼 수 있게 되었다. 그렇게 하지 말아야겠다고 생각하면서도, 화면 속에서 나도 모르게 부러워할 만한 대상을 발견하고 부러워하며 살아간다. 러셀은 이 장 말미에 "문명인은 지성을 확대했던 것처럼 감정 또한 확대해야 한다. 문명인은 자기를 뛰어넘는 법을 배워야 하고, 그렇게 함으로써 우주를 자유롭게 이용할 수 있는 특권을 손에 넣는 법을 배워야 한다"라고 말하고 있다. 어떠한 감정을 확대하고 스스로를 어떻게 뛰어넘을 수 있다는 것일까. 나는 작은 화면 속에서 행복해 보이는 누군가를 오늘도 부러워하며, 행복의 길이 아직 멀었다는 생각을 해본다.

> 현대인들이 누리는 즐거움의 총량은 원시 사회에 비하면 엄청나게 커졌지만, 질투의 대상이 어마어마하게 확대되면서 증오가 커졌다. (102p)

이 책에서 가장 흥미로웠던 부분은 '권태'를 다룬 부분이다. '권태'의 사전적 정의는 '어떤 일이나 상태에 시들해져서 생기는 게으름이나 싫증'으로, 부정적인 상태에 가까운 것으로 기술되어 있다. 많은 사람들이 단조로운 상태에서 오는 권태감을 견디지 못해 스스로를 자극에 노출시킨다. 하지만 러셀은 "행복한 인생이란 대부분 조용한 인생이다"(75p.)라고 말하며 권태의 상태를 잘 '견뎌내야' 한다고 말한다.

> 사람은 어린 시절부터 단조로운 삶을 견디는 능력을 길러야 한다. 현대의
> 부모들은 이런 점에서 크게 비난받아 마땅하다. 요즘 부모들은 아이들에
> 게 영화 구경이나 맛있는 음식 같은 수동적인 오락거리를 너무 많이 제공
> 하고 있다…. 어린아이는 주로 자신의 노력과 창조력에 의지해서 스스로
> 환경으로부터 즐거움을 찾아야 한다. (71p)

이 부분을 읽을 무렵 마침 나는 아이와 함께 방학을 보내고 있
었다. 그때의 나는 엄마로서 아이에게 최대한 많은 경험을 하게 해
줌으로써 아이의 권태를 '예방'해줘야 한다는 심리적 부담을 느끼
고 있었다. 정보력을 총동원해서 체험할 만한 프로그램을 알아보
고 최대한 다양하게, 많이 예약해둬야 하지 않을까? 방학이니 운
동 특강을 등록해서 집중적으로 배우게 해야 할까? 일일 코스를
짜서 박물관이나 전시 투어를 해볼까? 등 갑자기 아이에게 주어진
방학이라는 시간을 어떻게든 '채워서' 아이를 권태감에 빠지지 않
게 해야 한다는 의무감을 느꼈다. 그렇게 해야만 할 것 같았다.
　하지만 이 글을 읽고 나니 조금 안심이 되었다. 아이에게 필요한
것은 비어 있는 시간을 채워 주는 것이 아니라, 그 시간을 스스로
채울 수 있는 능력을 기르는 것이었다. 그리고 그 능력을 기를 수
있도록 나는 기다려줘야 한다는 것을 깨달았다. "이제 나 뭐 해?"

라고 묻는 아이의 말을 듣고, 조급한 마음에 '할 거리'를 찾아 헤매지 말아야겠다는 생각을 해봤다. 그리고 잠깐의 고요를 견디면 아이가 스스로 즐거움을 찾아낼 수 있을 거라는 사실을 떠올리며 아이를 한번 믿어 보기로 했다.

그렇다면, 행복해지기 위해서는 어떻게 해야 할까? 러셀은 엄청나게 많은 불행의 원인들을 '다룰 수 있는 방법'을 찾아야 한다고 말한다. 그리고 자신의 능력을 지나치게 과대평가하지 않고, 되도록 관심을 끄는 사물이나 사람들에게 폭넓은 관심을 가지는 것, 어떤 대상에 대해 열정적 흥미를 가져 권태에서 벗어나는 것. 그리고 일 자체에서 즐거움을 찾을 수 있는 직업을 가지는 것이 행복으로 가는 방법이라고 말한다. 여러 방법들이 나열되어 있지만 '나 자신을 객관적으로 보고, 다방면으로 관심과 열정을 가지며, 일 자체에 몰입하고 즐거움을 느끼는 것'으로 다시 정리해 볼 수 있다.

〈행복의 정복〉을 읽다 보면 러셀은 부모와 자식 간의 관계에서 '부모'가 자신의 삶 자체에서 즐거움을 찾아야 한다고 일관되게 말하고 있다. 나의 욕망을 자식에게 투영하고, 자신의 삶을 희생시켜 자식을 성공시킴으로써 행복을 느끼는 구시대적 사랑법이 러셀에게는 부정된다. 부모에게 있어 자식을 키우는 것은 삶의 긴 과정 중 일부이기 때문이다. 아이를 양육하는 '부모로서의 나'의 정체성만이 내 정체성의 대부분을 차지해 버린다면 자녀가 더 이상 나의 도움 없이도 얼마든지 잘 자랄 수 있게 되었을 때 허무함을 느낄 것이다. 다음 구절은 세 아이를 키우는 엄마로 살아가는 내가 행복해지기 위해서 잃어버려서는 안 되는 것을 정확하게 가르쳐주고 있다. 그리고 이 구절을 읽으니 그게 내가 그토록 바라던 삶의 '균형'이라는 것을 다시 한번 깨닫게 된다.

"부모 노릇을 한다는 것은 인생의 중요한 일부분일 뿐인데, 그것을 인생의 전부로 여긴다면 만족을 얻기 어렵고, 또 만족하지 못하는 부모는 욕심 많은 부모가 되기 쉽다. 그러므로 어머니가 되었다고 해서 다른 여러 가지 관심과 직업을 포기해서는 안 되며, 그것이 어머니에게도 이롭고 자녀에게도 이롭다."(222p)

지금 이 순간, 스스로의 삶이 만족스럽지 않다면, 그리고 행복해지고 싶다면 러셀의 〈행복의 정복〉을 읽어보면 어떨까. 이 책은 저명한 철학자 버트런드 러셀이 제시해 주는 행복 솔루션이면서, 행복하지 않은 원인을 분석하고 행복해질 수 있는 방법까지 알려주는 고마운 행복 지침서이다. 철학적 개념과 용어들로 얽히고설켜 조금 읽다가 포기할 걱정은 하지 않아도 좋다. 철학적인 용어가 아닌 일상적인 언어들을 통해 누구나 이해할 수 있도록 친절하게 쓰여 있어서 읽기에 어렵지 않다. 행복에 관한 수많은 책들이 하루가 멀다 하고 등장하고 있지만, 1930년대에 쓴 한 철학자의 행복론이 오랜 시간이 지나 많은 것들이 변해버린 지금 이 시대에도 많은 이들의 사랑을 받는 데는 그럴만한 이유가 있을 것이다. 누구나 행복을 원한다는 사실, 그리고 그 방법을 찾고 싶어 한다는 사실을 변하지 않았다. "도대체 어떻게 하면 행복해질 수 있나요"라는 물음에 이보다 명쾌한 답을 해주는 책이 있을까.

생각하는 자리

- 지금 내 삶은 행복한가요?
- 행복하다면 언제 가장 행복감을 느끼나요?
- 행복하지 않다면 그 이유는 무엇인가요?
- 행복해지기 위해서 나는 어떤 노력을 할 수 있을까요?

아직 나는 성장하는 중입니다

헤르만 헤세, 〈수레바퀴 아래서〉, 〈데미안〉

성인(成人). 완성된 사람이라는 뜻이다. 하지만 나는 과연 완성된 존재일까? 아이를 세 명이나 낳고, 그 아이들의 삶에 결정적인 영향을 주고 이끄는 엄마가 되었지만, 나의 정신적인 성장은 여전히 진행 중이다. 어른이 된 나 역시 지금도 조금씩 변화하고 성장하고 있다. '나'라는 존재는 아직도 파악이 덜 된 연구 대상이고, 타인과의 관계는 늘 넘어야 할 언덕과 같다. '어제의 나'와 '오늘의 나'가 다르고, 변화하며 성장하는 과정에서 여전히 성장통을 겪는다.

누군가의 엄마로서, 자식으로서, 아내로서, 교사로서 살아가는 나. 내가 가진 여러 정체성에 걸맞은 역할을 온전하게 해내며 일상을 꾸려 나가는 과정이 수월하지는 않다. 칭얼대는 아이들에게 괜스레 언성이라도 높인 날에는 왜 그런 말을 했을까 후회하기도 하고, 물심양면으로 육아를 도와주시는 부모님께는 받기만 하는 어린아이인 것 같아 부끄러움을 느끼기도 한다. 아이 셋을 키우며 좋은 남편이 되기 위해 노력하는 배우자에게서 모자란 점만 찾아 꼬집는 나를 보며 어쩜 그리 아량이 없을까 고개를 숙이기도 한다. 교사로서 점차 경력이 쌓이고 있지만 그만큼 발전하고 있는지 스스로를 되돌아보게 된다. 그런 나에게 하루하루의 삶은 경험이고, 난관에 부딪히기도 하고 이겨내기도 하면서 '조금씩 성장해 가는 과정'이다.

아직도 부족한 인간이기 때문에, 성장통을 겪는 소년들의 이야기는 마음의 문을 두드리며 빈틈을 파고든다. 헤르만 헤세의 두 작품에 대해 이야기하려 한다. 두 작품 모두 미완성의 인간형이 등장하여, 그들이 조금씩 '성장'해 나가는 이야기가 담겨 있다. 그들이 작은 알 속에서 문을 두드리고, 그 알에서 벗어나기 위해 애쓰는 성장의 서사가 담겨 있다. 이들의 서사는 마치 거울처럼 내가 성장하며 겪어 온, 혹은 겪고 있는 마음을 비추어 준다. 이런 점으로 인해 두 작품은 아픈 성장통을 겪고 있는 이들에게 정서적으로 많은 위로가 될 수 있을 것이다. 마음이 힘든 순간은 세상 사람들은 모두 행복해 보이고 아무런 걱정이 없어 보이는데 '나에게만' 걱정이나 절망이 찾아왔다고 느낄 때이다. 우리가 소설을 읽고 위로를 받는 지점은 내가 느끼는 슬픔과 걱정과 같은 감정들이 단지 나만의 것에 머무르지 않는다는, 정확한 위로가 선물처럼 찾아올 때이다. 그 어떤 다정한 이의 위로보다 소설 속에서 자신과 비슷한 상황에 처한 누군가를 만나는 것만으로도 큰 위로가 된다.

첫 번째 책은 〈수레바퀴 아래서〉라는 책이다. 중고등학생 때를 떠올려 보면 마음이 참 어지러웠다. 이유 없이 불안했고, 뭐가 그리 불만인지 마음에 들지 않는 것도 참 많았다. 부모님과의 관계보다 친구와의 관계를 소중히 여겼고, 때로는 그 관계가 부서질까 봐 두려워하기도 했다. '크느라' 힘들었던 시절이다. 영화 〈인사이드 아웃 2〉에는 사춘기를 마주하면서 복잡한 감정의 상태를 경험하는 주인공이 등장한다. 어릴 때에는 비교적 단순했던 감정들의 세계(기쁨, 슬픔, 분노, 혐오, 두려움)에 주인공이 성장하면서 불안, 당황, 따분함, 부러움과 같은 감정들이 새롭게 등장한다. 평소의 주인공이었다면 했을 법한 생각과 행동의 궤도에서 점점 벗어나면서 기존의 감정들은 혼란에 빠지고 결국 그들은 새로 생겨난 감정들과 융화되지 못한 채 감정 제어 본부에서 쫓겨나게 된다. 언제나 초조해하며 다가올 부정적인 상황을 상상하는, '불안'이라는 감정이 마음의 제어판을 지배하게 되고, 결국 그 감정은 스스로에게 압도당해 통제력을 상실하게 된다.

나는 〈인사이드 아웃 1〉과 〈인사이드 아웃 2〉를 모두 보았지만, 후속편이 훨씬 더욱 인상 깊게 느껴졌다. 그 이유는 주인공이 성장하면서 혼란과 불안을 겪는 모습에 과거와 현재의 나 자신을 투영하며 영화를 봤기 때문이다. 주인공 라일리가 겪는 감정의 소용돌이는 낯선 모습을 하고 다가온 감정들을 이해하기 위해 노력해 온 많은 사람들의 성장 서사와 맞닿아 있다.

〈수레바퀴 아래서〉의 주인공 '한스'는 영화 〈인사이드 아웃 2〉의 '라일리'와 마찬가지로 갓 사춘기에 접어든 평범한 소년이다. 한스는 평소 성실하고 공부도 열심히 해서 부모님과 온 마을 사람들의 기대를 한 몸에 받는다. 그는 성직자가 되기 위해 신학교에 들어가기를 원했고, '주정부 시험'을 통과해야만 원하는 것을 이룰 수 있었다. 한스는 시험을 앞두고 극도의 불안감을 느낀다. 그리고 시험을 마치자 자연을 만끽하며 온몸으로 해방의 기쁨을 느낀다.

나는 한스가 자신에게 주어진 관문들을 힘겹게 통과해 나가는 것을 보며, 내가 거쳐왔던 삶의 모든 '관문'들이 떠올랐다. 한때는 이 모든 것이 마치 게임에서 퀘스트를 완수하는 것과 비슷하다는 생각도 했다. 임용 고사를 준비할 때도, 결혼을 준비할 때도 나에게 과제가 주어지면 최대한 정보를 모으고 준비를 했고 그것을 성공적으로 해내기 위해 애썼다. 그 퀘스트를 통과하고 나면 끝일까? 아니, 또다시 다른 퀘스트가 기다리고 있었다. 퀘스트를 완수하기 전에는 극도의 긴장과 불안을 느꼈고, 퀘스트를 해내고 나면 이루 말할 수 없는 해방감을 느꼈다. 인생은 불안과 해방의 연속인 것처럼 시소를 타듯 두 과정이 오르락내리락하기를 반복하다 보면 우리의 삶도 안정된 궤도에 올라 있는 것일지도 모르겠다. 숱한 반복을 거치며 나는 조금씩 단단해지고, 진짜 어른이 되어 가는 것이다.

주정부시험에 통과한 한스가 수도원 생활을 시작하게 된 첫날의 풍경과 느낌은 읽는 이의 마음을 차갑게 건드린다. 누구나 새로운 상황에 처했을 때 그 낯섦에서 오는 설렘, 불안을 느껴보았을 것이다. 한스가 기숙사 방을 배정받아 새로운 교우들을 보고 한 명 한 명 바라보고 그들을 이해하려 애쓰는 장면도, 우리가 익히 겪어 온 삶의 모습이다.

사람들은 대부분 낯선 곳에서 새로운 사람을 만날 때면 심리적으로 위축되고 긴장감을 느낀다. 낯선 곳에서 새롭게 만나게 될 사람들은 어떤 사람들일까. 이곳 사람들과 내가 잘 지낼 수 있을까? 그들은 나를 수용해 줄까? 그들은 나를 어떤 사람으로 판단할까? 내가 나 자신에게 던지는 답이 없는 질문들은 낯선 공간과 사람을 대할 때의 나의 긴장감을 반영한다. 한스가 낯선 공간에서 첫발을 내딛는 순간, 난 그의 마음이 짐작이 갔다. 그리고 연민을 느꼈다. 어쩌면 성장이란 끊임없이 새로운 관계나 집단 속에 자신을 놓아두고, 스스로가 그 관계 안에서 버티고 그 일부가 되는 일들을 반복하는 과정일 수도 있다. 그것이 쉽지 않다는 것은 누구나 알 것이다. 내가 소설 속으로 들어가 한스에게 말을 건넬 수 있다면, 수도원에서의 첫날을 보낸 그에게 어깨를 토닥이며 수고했다고 위로를 건네고 싶었다.

　한스는 수도원에서 친구 '하일너'를 만난다. 하일너는 한스와는 전혀 다른 기질을 가지고 있는 인물로, 문학 소년이자 자유로운 영혼의 소유자이다. 한스는 하일너와 교류하며 새로운 세계에 눈을 뜨고, 세상을 바라보는 다른 시각도 가져보게 된다. 하지만 한스의 자유분방한 생활이 다른 사람들의 입에 오르면서 한스는 하일너와 거리를 둔다. 그러면서도 자신의 그런 행동에 죄책감을 느낀다. 다행히 하일너와의 우정을 회복하지만, 어느 날 하일너가 수도원을 떠남으로써 그 우정은 다시 이어갈 수 없다. 그 일이 있고 난 후, 한스는 수도원에서의 생활을 더 이상 해나갈 수 없게 되고, 고향으로 돌아온다. 이때 한스가 느끼는 절망감, 불안감은 죽음을 갈망하며 자신의 목을 매달 나뭇가지를 찾아 헤매는 모습으로 그려져 있다. 엠마라는 소녀와의 사랑으로 잠시 돌파구를 찾아내는 듯 하지만 그 사랑 또한 떠나가면서 다시 우울감에 휩싸인다.

　"한스는 마음의 상처를 입고 당황한 나머지 수레바퀴에 치인 달팽이처럼 촉수를 움츠리고 껍질 속으로 기어들어가 버렸다." (207p)

　관계는 때로는 깊은 상처를 남긴다. 관계는 혼자만으로는 이루어질 수 없으며, 두 사람 이상이 있어야만 형성된다. 사람은 그렇게 만들어진 관계의 영향을 받는다. 상대방으로 인해 더 나은 사람으로 성장하기도 하고, 때로는 부정적인 방향으로 변화하기도 한다. 그리고 우리는 그 관계 속에서 소중한 애정과 지지를 느끼며, 그 관계로 인해 삶이 더욱 의미 있다고 여기기도 한다. 지지받는 기분, 소속되었다고 느끼는 그 기분은 누구나 가지고 싶어 하는 인간적인 욕구이다.

하일너는 한스에게 전혀 삶에 대한 새로운 시각을 제시해 주고, 한스의 내면을 끌어주는 존재였다. 아마 한스는 하일너에게 친밀감과 동경, 부러움을 동시에 느꼈을 것이다. 한스가 하일너에게 느끼는 감정은 단순하지 않으며, 미묘하고 복잡하다. 관계를 지탱하는 하나의 축이 사라지자 한스는 껍질 속으로 들어가 버린다. 내면 속에서 깊은 고립과 절망을 경험한다. 그는 자신의 정체성, 그리고 관계를 찾아 헤매지만 그 과정에서 다시 절망한다.

한스와 하일너와의 이 '관계'는 단순히 사춘기 소년들의 해프닝으로만 볼 것은 아니다. 이 이야기는 사실 보편의 문제를 다룬다. 많은 사람들이 지금 이 순간에도 여전히 타인과의 관계 속에서 갈등하고 고민하고, 그 과정을 경험하며 살아가기 때문이다. 그런 과정을 거치며 누군가는 달팽이처럼 껍질 속으로 들어가 버리기도 하고, 또 다른 누군가는 그 껍질을 부수고 더 단단해진 채로 세상을 향해 뚜벅뚜벅 걸어가기도 하는 것이다. 성인이 된 지금 나에게도 관계는 늘 어렵다. 혼자가 아니라 누군가와 연결된 채로 살아가야만 하는 우리의 삶에서 관계는 여전히 중요한, 그리고 풀지 못하는 숙제가 아닐까.

두 번째로 소개할 헤르만 헤세의 작품은 〈데미안〉이다. 유년 시절부터 성년이 될 때에 이르기까지 진정한 자아를 찾아가는 한 인간의 여정을 그리고 있다. 주인공 싱클레어가 살아가던 원래의 세계는 선한 세계, 즉 부모님의 따뜻한 돌봄 아래에서 보살핌을 받으며 학교 생활을 하는 안정된 삶에 속해 있었다. 하지만 어느 날, 싱클레어는 과수원의 사과를 자신이 훔쳤다고 치기 어린 거짓말을 한 것을 계기로 '크로머'라는 학생에게 약점을 잡히고 만다. 그때부터 싱클레어가 살았던 선의 세계에는 균열이 생기고, 그의 내면은 혼돈에 휩싸인다.

'차라리 죽어 버렸으면 얼마나 좋을까'라고 생각할 정도로 정신적으로 힘들어하며 지내던 중, '데미안'의 도움으로 그는 크로머에게서 벗어날 수 있었다. 그리고 데미안과 대화를 나누면서 조금씩 세계를 바라보던 자신의 시선에 변화를 경험하게 된다. 세계의 전체를 바라보게 되고, 그리고 내면의 목소리에 귀를 기울이게 된다. 여기서 세계의 전체란, 세계는 밝은 세계뿐 아니라 어두운 세계로도 이루어져 있다는 사실을 의미한다. 소설 속에서 그들이 지향하는 신은 아브락사스로, 선함만을 갈망하는 것이 아니라 악함, 악마적 본성마저 아우른다.

시간이 흘러 싱클레어는 데미안과 잠시 멀어지고 상급학교인 김나지움에 진학하게 된다. 이때 방탕한 생활을 하기도 하지만, '베아트리체'라고 이름 붙인 여인을 사랑하게 되면서 다시 변화한다. 또한 연주자 '피스토리우스'와 교류하며 세계와 자신에 대해 인식하면서 허물을 벗고 알껍데기를 깨려 한다. 그러던 중, 데미안이 보낸 쪽지에는 다음과 같이 쓰여 있다.

> 새는 알을 깨고 나오려 힘겹게 싸운다. 알은 세계이다. 태어나려고 하는 자는 세계를 깨뜨려야 한다. 새는 신에게로 날아간다. 그 신의 이름은 아브락사스다.(217p)

참 많이 인용되는 구절로, 많은 이들에게 사랑받는 문장이다. 한마리의 '새'인 우리들이 조금 더 나은 '나'로 성장하기 위해 알을 깨야만 한다는 것을 문학적으로 아름답게 표현하고 있다. 알을 깨기 위해서는 '힘겨운 것'이 당연하고 '고통스러운 것'이 당연하다. 〈데미안〉의 싱클레어, 〈수레바퀴 아래서〉의 한스는 아픔의 시간을 거쳐 그들이 머무르던 알에서 벗어나 새롭게 태어나는 것이다. 알을 깨기 위해 나아가는 그 시간들은 그들을 보다 단단하게 만들어

주고, 보다 넓은 세계를 아우를 수 있는 힘을 준다. 우리는 성장의 과정에 수반되는 아픔을 소설 속 인물들의 삶을 통해 발견한다. 그리고 위로를 받는다.

그 후, 제1차 세계대전이 발발하고, 데미안과 싱클레어는 참전하게 되는데 전쟁 중 부상을 입고 누워 있던 싱클레어는 데미안과 재회한다. 그가 만난 것이 상상 속의 데미안이었는지, 실제 데미안이었는지는 알 수 없지만 데미안은 싱클레어에게 자신 안으로 침잠하는 것이 얼마나 중요한지를 다시 한번 각인시키며 떠난다. 다음은 소설의 정수인 마지막 문장이다.

> 그 후로 내게 일어난 모든 일이 고통스러웠다. 하지만 이따금 열쇠를 찾아서 나 자신 안으로 침잠하면, 운명의 형상들이 어두운 거울 속에서 잠들어 있는 곳으로 완전히 침잠하면, 검은 거울 위로 몸을 굽히기만 하면 된다. 그러면 나 자신의 모습이 보인다. 나의 친구이면서 인도자인 그와 똑같은 모습이.(399p)

이 소설은 제1차 세계대전이 일어났을 당시 창작되었다. 전쟁에서 수많은 사람들이 목숨을 잃었을 무렵 헤세는 이 작품을 집필했고 소설의 주인공인 싱클레어라는 가명으로 발표했다고 한다. 그리고 이 작품은 전쟁으로 고통받고 있던 수많은 젊은이들에게 많은 반향을 일으켰다. 통제할 수 없는 외부 세계의 처참함 속에서 자신을 지켜낼 수 있는 힘은 자신 안으로 침잠하여 내면의 목소리에 귀를 기울여야만 가질 수 있다는 메시지를, 그는 주고 싶었던 것이 아닐까.

인간은 완벽한 선만을 추구하는 이상적인 존재가 아니며, 선과 악, 밝음과 어둠 모두를 아우르는 존재라는 메시지는 우리에게 전해지는 위로의 손길이다. 데미안은 싱클레어에게 구원자이기도 하지만, 인간 내면의 선함과 악함이 공존할 수 있다는 것을 깨우치고 그가 어린아이의 자아에서 벗어날 수 있게 해주는 존재이다. 혼돈에 휩싸여 있을 때, 데미안과의 관계 속에서 여러 고민과 갈등을 이겨내고 성장하는 싱클레어의 모습은 많은 감동을 준다. 나는 이 소설을 대학생 때 처음으로 읽었고, 성인이 되어서 또 한 번 읽었다. 다시 책장을 열고 데미안과 싱클레어를 만나니 모호하고 어렵게만 느껴지기만 했던 과거 소설 속 문장들이 조금 더 명료해지는 것을 느꼈다. 그리고 자아를 찾아 나아가는 내면의 여정이 더욱 와 닿았다.

우리는 모두 흔들리며 조금씩 성장한다. 어른이 된 나도 온전하지 않으며, 지금도 조금씩 알을 깨며 성장하고 있다. 나의 아이들도 시간이 흐르며 성장하고 있다. 세상에서 점점 나와 다른 타자로서의 입지를 굳건하게 하며 자신들의 삶의 영역을 확장해나가고 있다. 그들이 성장하며 겪는 고통의 아픔과 나아감을 이해하기 위해서는 어떻게 해야 할까? 이 과정에서 생기는 수많은 갈등 상황에 대한 조언을 건네는 자녀 교육서나 자기 계발서가 많다. 하지만 나는 무엇보다 성장에 대한 진실된 '이야기'를 담아내고 있는 한 권의 책을 읽기를 권해 본다. 이야기의 힘은 무척 세다.

생각하는 자리

- 나의 '내면'을 비유한다면 무엇에 빗댈 수 있을까요? 그렇게 생각하는 이유는 무엇인가요?
- 과거의 '나'는 소설 속 '한스', '싱클레어'와 같은 성장통을 경험한 적이 있나요? 어떤 이유로 성장통을 겪었나요? 나는 그 성장통을 극복했나요?
- 현재의 '나'는 아직 성장하고 있나요? 내가 지금 겪고 있는 성장통은 어떤 것이 있나요? 소설 속 인물과 비슷한 지점이 있나요?
- 내가 생각하는 이상적인 '나'는 어떤 모습인가요? 그렇게 생각하는 이유가 무엇인가요?

단순하고 소박한 삶을 꿈꾸다

헨리 데이비드 소로우, 〈월든〉

간소하고 소박한 삶을 꿈꾸고 실천하는 사람이 점점 많아지고 있다. 이른바 '미니멀리즘'을 지향하는 사람들이다. 나 또한 아이를 낳기 전에는 '물건'이나 '소유'에 대한 고민을 거의 하지 않았고, 할 필요 또한 없었다. 물건은 내가 필요로 하는 만큼만 적당히 있었고, 적당히 있는 물건들은 알맞게 자기의 자리를 알고 있었다. 그렇기 때문에 물건 그 자체에 대해 생각해 볼 만한 이유도, 물건으로 인해 스트레스를 받는 일도 거의 없었다.

하지만 아이를 낳고 기르면서 생각이 완전히 달라졌다. 멀뚱하게 놓여 있는 물건들의 존재 자체가 내 삶을 짓누를 수 있다는 사실을 처음 알게 되었다. 아이를 낳고 키우는 데 필요한 물건들은 놀라울 정도로 많았다. 필요한 물건은 하루에도 몇 개씩 생겨났고 매일 물건을 검색하고 주문하다 보면 택배 박스가 현관문 앞에 수북하게 쌓여 문이 열리지 않는 날도 있었다. 물건이 넘치도록 생겨나다 보니 택배 박스를 여는 것조차 질려 눈에 보이지 않는 곳에 며칠 동안 밀어두기까지 했고, 공간의 한계를 넘어서는 물건들은 제자리를 찾지 못하고 집 안 아무 곳이나 되는 대로 놓였다. 넘쳐나는 놀잇감, 연령과 계절에 따라 바뀌는 옷들, 기저귀, 분유통 등 각종 필수품에 이르기까지 그야말로 '물건과의 전쟁'이었다. 물건이 마치 살아있는 생물처럼 느껴지고, 그것들이 '증식'하는 것처럼 느껴졌다. 물건이 늘어날수록 집 안은 어수선해졌고 집은 더 이상 쉴 수 있는 공간이 아닌, 정리해야 한다는 압박감과 싸워야 하는 공간이 되어 버렸다.

　남편과 아이들을 돌보며 하루를 보낼 때 가장 많이 하는 말이 '우리 집을 정리하다 보면 마치 흐르는 강물을 거슬러 올라가는 것 같아.'라는 푸념이었다. 아이들 세 명이 각자의 방식대로 좋아하는 놀잇감들을 가지고 논 다음, 정리하지 않은 채 그대로 둔다는 것이 문제의 이유였다. 집을 치우는 사람들의 에너지는 한정되어 있는데, 아이들은 엄청난 생기를 가지고 물건들을 곳곳으로 옮기고 흩뜨렸다. 한 가지 놀잇감을 찾겠다고 물건이 정리되어 있는 상자를 와르르 뒤엎는 일도 잦았다. 세 아이가 어지르는 흐름대로 졸졸 따라다니며 치워도 집 안은 늘 어지러웠다. 아이들이 정리 습관을 가지지 못한 것도 문제였지만, 더 근본적인 문제는 우리가 가지고 있는 놀잇감이 지나치게 많다는 것도 문제였다.

이런 상황에서 '미니멀리즘'에 대해 알게 되었다. 이것도 필요할 것 같고 저것도 필요할 것 같아 무엇 하나 버리지 못하는 나에게 물건의 개수를 줄이고 간소하게 살아가려 애쓰는 사람들의 지향은 강한 충격으로 다가왔다. 정말 '많이 가지는 것'에 집착하지 않으면 이 답답함에서 벗어날 수 있을까? 우리는 더 이상 흐르는 강물을 거슬러 올라가느라 진을 빼지 않아도 되는 걸까? 나는 이런 강력한 동기를 가지고 우선 도미니크 로로의 〈심플하게 산다〉라는 책을 읽었다. 물건으로 가득 찬 곳에서 허우적거리며 살고 있는 나와는 달리 소박하고 단정하게 삶 전체를 꾸리며 살아가는 글쓴이의 모습을 보며 나의 집, 나의 공간을 돌아보았다. 글쓴이는 지나치게 많은 물건을 소유하려 하다 보면 어느새 우리 정신도 고물이 꽉 들어간 창고처럼 혼잡해진다고 경고한다. 이 상태가 지속되면 물리적으로 내 공간이 제약받는 것을 넘어서 정신마저 피폐해진다니, 막막했다.

그러던 중 완벽하게 미니멀리즘을 실천하기는 어렵더라도, 내게 주어진 상황에서 가능한 만큼 실천해보고 싶다는 데까지 생각이 미쳤다. 그리고 이런 생각의 변화는 정돈된 삶에 대한 욕망에서 한 발자국 더 나아가 '소유의 본질'에 대한 생각과 고민으로 이어졌다. "나에게 이 물건들이 다 필요한 걸까? 이 물건들이 나에게 충족이나 만족감을 주기보다는 괴로움을 주는 것이 아닐까? 나에게 가장 필요한, 최소한의 것은 무엇일까"라는 고민 말이다.

헨리 데이비드 소로우의 〈월든〉은 이런 문제로 고민하던 나에게 강렬한 울림을 준 책이다. 〈월든〉을 처음 만난 건 박혜윤의 〈숲속의 자본주의자〉라는 책이었다. 명문대를 졸업하고 기자가 되었지만, 자신이 가진 많은 것을 내려놓고 미국으로 이주해 시골 마을에 정착해 살아가는 글쓴이의 이야기를 담은 책이었는데, 그러한 삶에 지대한 영향을 준 것이 바로 〈월든〉이었다. 얼마나 강렬한 메시지를 주는 책이길래 책에서 그토록 많이 인용되는지, 글쓴이의 삶을 통째로 바꿀 수 있었는지 궁금했다. 〈월든〉을 읽고 나니 비로소 그 이유를 알 수 있었다.

〈월든〉의 저자 소로우는 월든 호숫가에 오두막을 짓고 자급자족하며 2년 2개월 동안 홀로 살아간다. 그는 집터를 알아보고 집을 짓는 데 필요한 자재를 구해 몸소 집을 '짓는다'. 그리고 그는 집을 짓는 과정에서 사용한 금액을 계산해서 제시하기도 한다. 이것은 엄청나게 크고 화려한 집을 원하지 않고, 살아가기 위해 필요한 최소한의 것들을 갖춘 집을 짓는 것을 목표로 삼는다면, 적은 비용으로도 집을 소유하는 것이 충분히 가능하다는 것을 보여주기 위한 것이었다. 그는 자신의 생각을 실천과 행동으로 보여주면서, 많은 사람들이 주택을 소유하기 위해 애쓰다 보니 가난하게 살지 않아도 될 것을 평생 가난에서 벗어나지 못하고 있다는 점을 비판한다.

그가 월든 호숫가에 통나무집을 짓고 산 진짜 이유는 무엇일까? 그는 사람들이 원하는 사회적 성공에 큰 의미를 부여하지 않았다. 사회적으로 성공하기 위해 쏟아붓는 노력과 시간이 필요하지 않다고 여겼고, 오히려 최소한의 것을 소유하고 그것만으로 생활을 하는 것이 유의미하고 가치 있다고 보았다. 경제적으로 풍족하지 않더라도 자신이 직접 노동하여 삶에 필요한 최소한의 것들을 갖추고 살아가고, 얽매임 없는 자유의 상태에 도달하기를 원했다. 숲으로 들어가 집을 짓고 산 것은 그런 의미에서 '인생의 본질적인 사실에 직면'해 보기 위한 시도였다.

> 내가 숲으로 들어간 것은 인생을 의도적으로 살아보기 위해서였으며, 인생의 본질적인 사실들만을 직면해 보려는 것이었으며, 인생이 가르치는 바를 내가 배울 수 있는지 알아보고자 했던 것이며, 그리하여 마침내 죽음을 맞이했을 때 내가 헛된 삶을 살았구나 하고 깨닫는 일이 없도록 하기 위해서였다.(138p)

그는 낡은 집을 헐어 자신이 살 곳을 만들면서 자신에게 필요한 최소한의 것이 무엇인지 생각한다. 의복, 음식, 그리고 추위나 비바람에서 자신을 보호해 줄 집에 이르기까지 필요한 것들을 생각한다. 그러면서 자신이 가진 것에 대해 만족하고 소박하게 살아야 한다고, 그래야 더 자신의 현재의 삶에 더 집중할 수 있다고 말한다. 더 큰 집, 호화로운 집을 소유하기 위해 현재 내 삶을 온갖 노동에 바치느라, 결국 지금 할 수 있는 일을 놓친다면 그것은 무언가 잘못된 것이라고 그는 말한다.

그는 그가 살던 시대의 사람들을 '자신이 감당할 수 없는데도 무거운 짐을 끌면서 여행하고 있는 늙은 신사'에 비유한다. 늙은 신사는 오래도록 고이 간직해 온 물건들을 버린다면 더 홀가분하게 떠날 수 있을 텐데, 물건에 대한 미련 때문에 그것들을 버리지 못한다. 그리고 그 짐들을 끌고 가느라 버거워한다. 늙은 신사의 모습은 내가 원해서 가득하게 쌓아 놓아둔 그 물건들 때문에 오히려 힘겨워하는 나의 모습과 다르지 않다. 내가 물건을 가지고 있는 것일까, 물건이 나를 가지고 있는 것일까? 목표와 수단이 뒤바뀐 이러한 삶은 사람들에게 피로감을 준다. '내가 정말 원하는 것이 무엇인지'를 가장 먼저 생각하고, 그 삶을 위해 최소한으로 필요한 것이 무엇인지를 천천히 고민해 보자. 그렇게 해야만 소로우가 말하는 '본질적인 사실에 직면'하는 그 순간을 놓치지 않을 것이다.

〈월든〉에는 물건들을 깨끗이 비우고 의식을 치르는 인디언들의 이야기가 나온다. 인디언들은 '버스크' 혹은 '첫 곡식의 잔치'라고 하는 행사를 치르는데, 그들은 미리 새로운 살림 도구와 가구를 몇 가지 마련한 후, 모든 헌 옷과 다른 지저분한 물건들을 한 군데로 모으고 집과 거리와 마을 전체를 깨끗이 한다. 그리고 단식을 하며 일체의 욕망을 억제하고, 나흘이 지나면 그들은 몸을 정화하고 한 층 새로워진 마을의 친구들을 맞이한다.

　이 이야기가 마음에 와닿는 이유는 소유한 것에 집착해서 물건들을 늘리지 않고, 오히려 '비우고, 버림'으로써 자신의 내면을 깨끗이 하고 새롭게 거듭날 수 있다는 깨달음을 주기 때문이다. 단정하고 소박한 삶을 살기 위해서는 내게 가장 필요로 하는 물건을 소유하는 것도 충분히 의미가 있을 수 있겠지만, 이미 있는 물건 중 쓰임이 다했거나 불필요한 물건을 '비우는' 것도 필요하다는 것이다. 우리 부부가 아이들을 따라다니며 놀잇감을 정리하느라 흐르는 강물을 거슬러 올라가며 허우적거린 것은, 언젠가는 쓸 거라는 생각으로 이미 아이들의 관심에서 멀어진 놀잇감들과 낡아서 빛이 바랜 놀잇감들까지 모두 떠안고 있었기 때문이다. '설레지 않으면 버려라'라는 말이 있는 것처럼, 내 주변을 가득 채우고 있는 물건들을 둘러본 다음 정말 필요한 것들만을 남기고 비워 보자. 인디언들이 그랬던 것처럼, 몇 가지 물건을 비웠을 뿐인데 몸과 마음이 깨끗해진 느낌을 받을 것이다.

　내 삶을 유지하고 꾸려나가기 위해 최소한으로 필요한 것이 무엇인지, 내가 가진 물건 중 필요 없는 물건이 있는지 다시 한번 생각하게 된다. 내가 물건을 소유하는 게 아니라, 물건이 나를 소유하는 건 아닌지. 나와 내 가족의 행복한 삶을 살기 위해서는 어떤 물건이 나를 행복하게 하는지 말이다. 많은 것을 가진다고 해서 삶의 주인이 될 수 있는 것은 아니다. 때로는 덜어내고 비워 삶의 여백을 만드는 것이 더 삶을 가치 있게 만든다. 외관상으로는 가난해 보이더라도 내적으로 부유한 사람이 될 수 있다는 그의 말, "간소화하고 간소화하라"(114p)는 소로우의 말이 가득 차 흘러넘치는 나의 삶에 경계의 말을 전해 온다.

단순하고 소박한 삶을 살고 싶은 마음을 가지고 있다면 〈월든〉을 읽어 보자. '지금, 현재' 자신의 삶에 최선을 다하기 위해 직접 행동하고 실천했던 그의 모습을 볼 수 있다. 그가 살아가는 모습을 바라봄으로써 우리의 현재 삶에 대해 반성해 볼 수 있다. 삶에 대한 이러한 성찰은 살아가는 태도와 자세에 많은 변화를 일으킬 것이다.

이에 더해 〈월든〉은 호숫가의 풍경과 같은 자연 현상을 아름다운 문체로 묘사해서 더욱 멋진 작품이다. 한번 읽고, 다시 읽어도 단어와 문장들이 나타내는 살아 있는 자연의 모습이 한 폭의 풍경화처럼 마음속에 펼쳐진다. 도끼 한 자루를 빌려 들고 자신만의 집을 짓기 위해 호숫가의 숲 속으로 간 한 남자의 이야기가 궁금하다면, 유려한 문장들 속에 담긴 삶의 지혜를 알고 싶다면 〈월든〉을 읽어 보기를 바란다.

생각하는 자리

- 나의 삶을 복잡하게 만드는 요인은 무엇인가요? 내 삶에 불필요한 것들은 무엇이 있을까요?
- 내가 최소한의 삶을 산다면 나에게 가장 필요한 것은 무엇인가요?
- 나는 간소하게 살기 위해 무엇을 바꿔야 할까요? 나는 어떤 노력을 할 수 있을까요?
- (내가 놓치고 있었을지도 모르는) 나에게 중요한 삶의 가치는 무엇인가요?

엄마, 여자, 그리고 '일'

호프 자런, 〈랩걸〉

'나 자신'을 찾아서

아이가 어느 정도 자라면 엄마는 그동안 잃었던 것을 조금씩 되찾는다. 바로 '시간'이다. 아이를 위해 분주하게 하루하루 움직이다 보면 아이는 어느새 큰다. 시간은 반드시 지나가고 아이들은 점점 자라니까. 아이가 기관 생활을 하게 되면서 여유가 생기기 시작하고, 아이가 초등학생이 되어 엄마의 전적인 도움 없이도 어느 정도 생활을 할 수 있는 정도로 자라게 되면 엄마는 그토록 원하던 '시간'을 조금씩 갖게 된다.

그토록 바라던 '나의 시간'이 생기면서 엄마로서의 삶에 최선을 다하기 위해 잠시 옆으로 놓아두었던, 자아를 다시 찾고 싶은 욕망이 다시 고개를 든다. 아이를 낳고 키우는 삶을 선택한 많은 엄마들이 아이를 돌보기 위해 자신이 해왔던 일들을 잠시 멈추거나 포기한다. 아이를 키우면서 직장일을 병행하는 것이 결코 쉽지 않기 때문이다. 아이를 낳기 전에 자신이 있었던 자리로 돌아가 그 분야의 전문가로서 일들을 다시 할 수 있다면 정말 다행스럽지만, 그게 어려운 사람도 정말 많다. 그리고 설령 일을 한다 하더라도 일과 육아라는 두 마리 토끼를 잡기 위해 이전보다 두세 배로 스스로를 몰아붙이며 하루하루를 보내야 한다. 이렇게 쉽지 않은 삶을 살아야 하는데도 수많은 엄마들이 다시 나의 일을 하고 싶어 하는 이유는 무엇일까? 자신이 가진 열정을 원하는 일을 하는 데 쏟는 것에서 대체 불가한 기쁨과 보람을 느끼기 때문이다. 나 자신으로서 환한 빛을 낼 수 있기 때문이다.

초록빛 표지에 '랩걸'이라는 제목이 단정하게 새겨진, 이 책은 식물을 사랑하는 어느 여성 과학자의 자전적 에세이이다. 이 책을 쓴 자런은 자신의 일에 대한 순수한 열정을 가지고 매 순간 최선을 다하지만, 한편으로는 자신을 둘러싼 사회적 편견의 벽을 조금씩 부수어 나가며 앞으로 나간 여성이기도 하다. 그래서일까. 〈랩걸〉을 읽다 보면 식물 연구에 대한 열정, 끈기를 가지고 치열하게 성과를 이루어가는 글쓴이의 모습을 보며 경이로움을 느끼면서도, 보수적인 과학계에서 편견을 극복하고 정당하게 인정받기 위해 분투하는 그녀의 모습이 상상이 되어 연민의 감정이 느껴지기도 한다. 90년대 후반 미국에서 그녀가 경험한 어려움이, 여전히 많은 사람에게는 현재 진행 중인 이야기라는 점에서 더욱 그렇다.

여성으로서 과학을 한다는 것은 당시 사회적 분위기에서는 자연스럽지 않은 일이었다. 친분이 있는 교수님께 연구 장비를 받으러 갔다가 거기 있는 사람들이 그 연구자가 미처 여자인 줄 몰랐다는 듯이 낯선 시선으로 그녀를 바라보는 장면을 보면 당시 여성 과학자가 그만큼 드물었다는 사실을 짐작할 수 있다. 글쓴이는 사랑하는 사람을 만나 결혼을 하고 임신, 출산을 겪으면서도 자기 일을 계속해 나간다. 하지만 그 과정에서 글쓴이가 경험한 현실은 냉혹했고 보수적이었다. 예를 들어 그녀는 임신했다는 이유로 실험실 출입을 금지당한다. 실험실은 그녀가 가장 사랑하는 공간이며, 그곳에 있을 때 그 어느 곳보다 안정감과 행복감을 느끼는 곳이었음에도, 단지 아이를 가졌다는 이유만으로 이런 일을 겪은 것이다. '네가 절대 진짜 너일 리가 없다'는 말로 자신을 부정당하는 것, 당신이 설마 연구실에 있을 만한 존재가 맞는가에 대한 의심, 그것은 곧 편견이고 차별이었다. 글쓴이는 그런 부당함을 이기고 연구자로서 자신의 자리를 점점 찾아간다.

> 내 제한된 경험에 따르면 성차별은 굉장히 단순하다. 지금 네가 절대 진짜 너일 리가 없다는 말을 끊임없이 듣고, 그 경험이 축적되어 나를 짓누르는 무거운 짐이 되는 것이 성차별이다. (370p)

그녀는 평생 해본 일 중 가장 힘든 일이 '임신'이었다고 말한다. 조울증을 앓고 있어 약을 먹어야 하는 그녀는 임신 26주까지 약을 먹지 못한 채 버텨야 했고, 긴 인내 끝에 결국 아이를 낳는다. 그녀는 아이를 낳고 입원해 있으면서도 논문을 편집하고, 실험 기계에 원격으로 접속하는 등 분주하게 일한다. 자신이 좋아하는 일을 유지하고 싶은 마음과 육체적인 변화를 감당하며 새로운 생명에게 자신을 내어줄 준비를 해야 하는 마음. 이 두 가지를 모두 충족시키기는 무척 어렵지만, 두 가지 모두를 이루어내기 위해 그녀는 최선을 다해 분투한다. 그리고 자신과의 싸움에서 그녀는 이긴다. 그리고 그녀는 자신이 낳은 생명을 바라보며, 아이의 삶을 완벽하게 만들어 줄 수는 없다 하더라도 최선을 다해 아이의 삶을 돕겠다고 마음먹는다.

> 다 자란 단풍나무가 자손들에게 제공하는 한 가지는 믿을 만한 부모의 사랑이 있다. 매일 밤 자원 중에서도 가장 소중한 자원인 물을 땅속 깊은 곳에서부터 길어 올려 약한 어린 나무들에게 나눠주는 것이다. 그렇게 해서 그들은 하루 더 버틸 힘을 얻는다. (329p)

그녀가 자신에게 닥친 역경을 이겨내고 과학자로서 성공할 수 있었던 비결은 무엇일까? 일에 대한 열정을 가지고 있었고, 일을 하는 과정에서 무엇과도 바꿀 수 없는 즐거움과 보람을 느꼈기 때

문이다. 어릴 때부터 손으로 하는 모든 것을 즐겼고 과학에 많은
관심이 있었던 그녀는 줄곧 나무와 흙에 관심을 가지고 그것을 연
구한다. 몸소 구덩이를 파고 눈으로 직접 식물들이 성장하는 모습
을 지켜보고 연구한다. 그 과정을 통해 식물들이 어떤 '삶'을 사는
지, 그들의 삶 속에 어떤 이야기가 있는지를 알고 싶어한다. 그리
고 식물들의 삶을 이해했을 때 진심으로 기뻐한다. 그녀가 연구 대
상에 대해 가지고 있는 이와 같은 열정은 하고자 하는 일을 지속할
힘을 주었을 것이다. 자신을 바라보는 편견 어린 시선, 새로운 생
명을 잉태하고 낳는 엄마로서의 막중한 책임 속에서도 연구자로서
의 자신을 내려놓지 않고 이어 나갈 수 있는 강한 힘을 주었을 것
이다. 자신이 걸어온 길을 회고하며 자런은 다음과 같이 말한다.
'우리는 또 어린아이 같은 마음을 버리지 않으면서 동시에 어른으
로 성장할 수 있었다'(556p)라고 말이다.

　자신을 가로막는 벽들을 하나둘 부수며 앞으로 꿋꿋이 나아가는
자런의 모습은 깊은 감동을 준다. 여성으로서 경험하는 편견, 육
체적 고통이라는 어려움에도 자신이 원하는 일을 하고, 그로서 자
신만의 빛을 내뿜어낸다. 여성, 과학자라는 두 가지 정체성을 모두
지탱하며 자신의 길을 간 그녀의 이야기는 그렇기 때문에 많은 이
들에게 용기를 준다. 그녀가 그랬듯이, 나도 할 수 있다고. 그리고
이 모든 것을 해내기 위해서는 자기 일을 사랑하는 열정이 필요한
사실도 넌지시 알려준다.

엄마로서 아이들과 살을 비비며 지내는 시간은 무척 소중하다. 나에게 무엇보다 큰 기쁨을 주는, 무엇과도 바꿀 수 없는 시간이다. 한 인간의 성장을 이끄는 가치 있는 일이다. 하지만 엄마로서의 정체성에 더해, 나 자신이 가장 좋아하는 일은 무엇인지 생각해 보면 어떨까. 하고 싶은 일을 하고 내가 그 일에 온 마음을 다함으로써 또 다른 의미의 기쁨과 보람을 느낀다면 '나'라는 나무는 또 다른 나로서 가지를 뻗어나갈 수 있을 것이다. 내가 뻗어 올리는 나뭇가지는 '가르치는 나'이다. 국어 교과서에 실린 문학 작품들을 감상하고 학생들과 이야기를 나눈다. 그런 순간들을 통해 아이들도 배우고 나도 배운다. 글쓴이가 식물을 사랑하는 마음으로 그것을 연구한 것처럼, 나 또한 내가 가르치는 언어와 글들을 사랑한다. 나는 이제 세 아이의 엄마이자, 교사라는 두 역할을 모두 해내야만 한다. 하지만 그 어느 것도 포기하고 싶지 않다. 그 두 가지 모두 내가 가장 사랑하는 나의 모습이니까. 그래서 자런이 그랬듯, 나 또한 천천히 열심히 온 마음을 다해 앞으로 나아가 보려 한다.

글쓴이는 자신의 삶을 식물의 일대기에 빗대어 서술한다. '뿌리와 이파리', '나무와 옹이', ', '꽃과 열매'라는 책의 소제목은 유년 시절에서부터 갖은 난관들을 헤쳐 나가며 과학자로 성장하기까지의 과정을 나타낸다. 아버지의 실험실에서 유년 시절의 대부분을 보내며 과학을 꿈꾸던 시절, 스스로의 삶을 구하기 위해 연구실에서 일하며 미래를 그리던 시기를 흙 속에서 싹을 틔우기를 기다리는 '씨앗'에, 닻을 내리고 모든 것을 걸고 성공을 위해 노력하는 시기는 '뿌리'에 비유한다. 그리고 조지아 공과대학 교수로 일하며 활발하게 식물을 연구하던 시기는 '나무'에, 사랑하는 사람을 만나 결혼을 하고 아이를 낳게 되고, 학계에서 인정받게 되는 과학자가 된 현재를 '꽃과 열매'에 비유한다.

그렇다면 나의 나무는 얼마만큼 자랐을까. 나는 과연 내가 가진 가능성의 씨앗에 얼마만큼의 물과 양분을 제공해 주었을까? 자런이 걸어온 삶의 길을 따라가 보며, 나의 삶을 돌아보게 된다. 그리고 나의 밑바닥에 웅크리고 있는 마음의 불씨를 놓치지 않아야 한다는 깨달음을 그녀의 삶으로부터 얻는다.

내 말을 이해하는 사람

자런이 연구를 꾸준히 해나갈 수 있었던 것은 동료 '빌'이 있었기 때문이다. 자런과 빌이 맺고 있는 관계는 특별하다. 서로의 존재에 의해 두 사람이 완성되기 때문이다. 연구실 동료로 시작한 두 사람은 서로에 대한 신뢰, 존중, 지지를 바탕으로 없어서는 안 될 존재로 자리매김한다.

UC 버클리 대학에서 현장 학습단으로 나갔다가 자런은 빌을 처음으로 만난다. 그때 인연을 맺은 두 사람은 인생의 동료가 된다.

서로의 생각을 이해하고 실천하며 연구 성과를 내기도 하고, 최초의 자런 실험실을 꾸리게 된 가장 기쁜 순간을 함께 하기도 한다. 무더운 날씨에도 밴에서 먹고 자고 생활하며 자런이 연구를 계속할 수 있도록 옆자리에 묵묵히 있어 주고 그녀를 응원하고 지지해 준다. 두 사람은 친구이자, 동료이자, 가족이었고, 그녀의 모든 생각과 말을 이해하는 거울 같은 존재였다. 나는 그 둘의 관계를 바라보며 과학자로서의 그녀의 성취도 물론이지만 빌과 같은 인물과 오랜 세월 함께 같은 길을 걸어갈 수 있었던 것이 정말 부러웠다.

이 책에서 가장 감동적인 장면은 글쓴이와 빌이 춤을 추는 장면이다. 오른손 일부가 없는 채로 살아온 빌, 그는 무도회에 가 본 적이 없다. 두 사람은 함께 손을 맞잡고 춤을 추며 서로를 이해한다.

> 내 말을 이해한 사람, 그 모든 것을 이해한 사람이 한 명 있었다. 나는 그
> 가 내 곁에 있다는 것이 얼마나 큰 행운인가를 마침내 완전히 깨달았다.
> (333p)

사람은 누구나 자신만의 색깔을 가지고 살아간다. 그러나 자신이 가지고 있는 고유한 색깔이 다른 사람에게 그대로 비치지는 않는다. 살아가면서, 일을 하면서 내가 가진 나의 색깔을 온전히 바라봐 주는 누군가가 있으면 그것만으로도 인생은 어느 정도 성공한 것이 아닐까? '내 말을 이해한 사람'이 내 곁에 있다면, 그것은

정말 행운이다. 언제나 나를 믿어주고 기댈 수 있게 어깨를 내어주는 사람이 있다면, 어떤 어려움이 있더라도 조금씩 힘을 내어 걸어갈 수 있는 것이다. 자런과 빌의 관계가 보여주는 특별함은 누군가에게 주는 심리적 지지와 응원이 삶에서 얼마나 가치 있는 것인지를 알려준다. 그리고 그러한 관계를 맺기 위해 우리에게 필요한 것이 무엇인지를 알려주는 것 같다.

이 책은 독서 모임에서 여러 사람들과 함께 읽었고 온라인 모임으로 만나 서로의 감상을 나눈 책이다. 우리들은 여성 과학자로서 살아가며 겪은 글쓴이의 고난, 그녀의 심정에 함께 공감했고, 빌과 자런의 특별한 관계에 대해 이야기를 나누기도 했다. 그리고 자런의 모습에서 스스로의 모습을 발견하고는 때로는 공감했고 때로는 안타까움 느꼈다. 그러면서도 동시에 그녀의 삶을 응원했다. 키친 테이블에 앉아 그녀를 만났다면, 그녀의 모습에서 자신을 발견했다면 나 스스로에게도 응원의 메시지를 보내보면 어떨까.

생각하는 자리

- 자런이 유망한 여성 과학자가 되기까지 겪은 어려움은 그녀만의 경험일까요? 사회적으로 성공하기 위해 여성이 받는 제약에는 어떤 것이 있을까요?

- 〈랩걸〉에서 자런은 자신의 삶을 많은 식물들에 대응시키고 있습니다. 현재 나의 삶을 돌이켜 생각해 보고, 현재 나의 모습과 가장 유사한 식물은 무엇일지 생각해 봅시다.

- 빌과 자런은 어떤 관계일까요? 당신에게도 이런 관계를 맺고 있는 누군가가 있나요?

- 이런 관계가 되려면 서로를 어떤 자세로 대해야 할까요? 당신에게 관계는 무엇을 의미하나요?

맑은 눈으로 바라보는 타인의 세계

김현경, 〈사람, 장소, 환대〉, 이민진, 〈파친코〉

살아가면서 내가 속해 있는 세계에 관심을 가지고 그 세계를 정확하게 인식하는 것은 매우 중요하다. 자신이 사회와 어떻게 관계를 맺고 있는지 살피고, 자신이 속한 사회에서 일어나고 있는 일들에 대해서는 관심을 가져야 한다. 의식하지 않고, 바라보려 하지 않고 살아가게 되면 사회에 자리 잡은 편견이나 차별, 불합리, 부당함에 대해 알지 못하게 된다. 그러한 무지는 내 사고의 그릇된 바탕을 만들게 되고 어떤 대상이나 사건을 정확하고 확실하게 판단할 수 있는 분별력과 사고력을 상실하게 한다. 그리고 이러한 미숙함은 부적절한 말과 행동으로 이어지게 되며, 어느새 자신도 모르게 타인을 배제, 비하하거나 누군가의 아픔과 고통을 의식하지 못한 채 행동하여 다른 이에게 상처를 줄 수 있다. 그래서 우리는 '세상을 바라보는 올바른 눈'을 가져야만 한다. 나의 일상에만 갇혀 그러한 '눈'을 가지는 것이 어렵다면, 그럴 때는 책이 큰 도움이 될 수 있다.

내가 속한 삶의 반경 내부만을 바라보는 것에 그치지 않고 사회 속 다른 사람도 맑은 눈으로 바라볼 수 있기를 원한다면, 책은 그 길을 안내해 줄 수 있다. 책은 세상을 정확하게 바라보게 하고, 우리의 시야를 넓혀 주며, 좀 더 나은 사람으로 성장할 수 있도록 도와준다. 그런 도움을 줄 수 있는 책들을 몇 권 소개해 본다.

김현경, 〈사람, 장소, 환대〉

〈사람, 장소, 환대〉는 인류학자 김현경의 책으로, '사람, 장소, 환대'라는 세 가지 개념으로 우리 사회의 모습을 설명한다. 글쓴이는 우리는 우리가 속한 공간에서 숨 쉬며 살아가고 있지만, '환대'에 의해서만 비로소 사회 안에 들어가 '사람'이 된다고 말한다. 태어날 때부터 사람이 되는 것이 아니라, '환대'를 받아야만 사람이 된다는 게 어떤 의미일까? 사람이 된다는 것은 자리(장소)를 갖는 것이며, 환대는 자리를 주는 행위라는 뜻이다. 글쓴이는 '사회란 본디 절대적 환대를 통해 성립한다'고 말한다. 그리고 절대적 환대는 신원을 묻지 않는 환대, 보답을 요구하지 않는 환대, 복수하지 않는 환대를 말한다. 사회에서 살고 있다고 해서 '사람'이 아니라는 것, 성원권을 인정받아 '사람'이 되어 제 자리를 찾기 위해 많은 이들이 지금도 분투하고 있다는 사실을 이 책을 읽고 새롭게 알게 되었다.

> 사람이라는 것은 사람으로 인정된다는 것이다. – 사회의 경계는 이 나날의 인정투쟁 속에서 끊임없이 다시 그어진다.(57~59p)

날이 좋고 선선해 아이와 함께 아파트 단지에 있는 놀이터에 갔다. 아이가 자라고 사회성이 발달하면서 친구를 좋아하고 어울리기를 원하는데, 놀이터에 가면 동네 친구들이 한두 명은 항상 있어서 자연스럽게 놀이를 하며 시간을 보내곤 한다. 그러던 중 아이가 천진난만하게 말을 했다. "놀이터에 ㅇㅇ유치원 다니는 친구들이 있나 찾아봐야지!" "ㅇㅇ유치원에 다니는 친구만 내 친구야."라는 말이었다. 나는 "놀이터에 있는 친구들은 누구나 친구가 될 수 있어. ㅇㅇ유치원에 다녀야만 너와 친구가 될 수 있는 건 아니야"라고 대답해 주었다. 그랬더니 아이는 "아니야~~ㅇㅇ유치원 다녀야만 내 친구야!"라며 선을 그었다. 별것 아닌 것 같은 아이의 말이지만, 아이의 말을 듣고 나니 이런 발상이 흔하게 우리 사회에서 이루어진다는 사실이 떠올랐다. 특정 조건을 충족하고 그 집단에 인정받고 수용되어야만 진정한 구성원이 될 수 있는 그 단호함은 사실 낯선 것이 아니다. 점선이 아닌 실선으로 나의 주위를 둘러싼 원을 그리고, 그 영역을 나의 조건에 부합하는 사람들로 채운다. 그리고 그 조건에 부합하지 않는 사람들이 실선을 넘어오는 것을 거부한다. 어쩌면 많은 사람들이 자신도 모르게 사회적 경계를 만들고, 실선 밖 사람들을 배제하는지도 모른다.

그간 사회의 일원으로 살아가면서 나의 '위치'에 대해 생각해 보지 못했었다. 대학을 졸업하고 안정적인 직장에 취업하고 가족을 구성하고 있는 평범한 사회의 일원으로, 절대적으로 환대받으며 성원권을 인정받고, 나의 자리를 지키며 안정적으로 살아가고 있는 복을 누리고 있기 때문일 것이다. 하지만 이 책을 통해 사회 속에서 환대받지 못했던 이들에 대해 생각해 보게 되었다. 노예, 흑인, 여성, 난민, 재일교포 등 사회의 테두리 안으로 못하고 서성이는 사람들에 대해 눈을 돌릴 수 있게 되었다. 또한 낙태나 안락사 혹은 동물실험, 사형제 등에 대해서도 다시 생각해 보게 되었다. "사회는 어떤 이를 환대하고, 어떤 지점부터 그를 사람으로 인정하는가?"가 근본적인 논의의 핵심이다.

〈사람, 장소, 환대〉는 사회와 사람의 이야기를 추상적인 담론으로만 다루지 않으며, 현대 사회를 살아가고 있는 사람들에게도 많은 질문을 던진다. 여러 소설을 읽으며, 신문 기사를 읽으며 이 책을 자꾸 다시 들추어보게 되었던 것은 그런 이유에서일 것이다. 책에 등장한 사람, 장소, 환대라는 세 가지 키워드는 책 안에 머물러 있지 않았고, 책 밖의 세계와 연결되어 있었던 것이다.

선풍적인 인기를 끌어 드라마로도 제작되었던 이민진의 〈파친코〉라는 작품이 있다. 이 작품은 4대에 걸친 재일조선인 가족의 서사를 다이나믹하게 그리고 있다. 이 작품을 읽는 내내 김현경의 〈사람, 장소, 환대〉에서 알고 느낀 것들이 등장인물들의 삶에서 일어나는 일들과 연결되었다. 재일교포로서 일본 사회에서 살아간다는 게 단순히 생계를 이어가는 차원의 문제를 넘어선다는 것, 성원권을 얻고 사회의 일원 즉 '사람'으로서의 환대는 받는가의 문제를 이야기한다는 것에 대해 생각해 보았다. 재일교포가 일본 사회에 뿌리내리며 겪은 역경을 들여다보는 독서에서 머무르지 않고, 소설 속 배제와 편견, 차별에 대해 이해하게 되었다.

이 책의 시대적 배경은 일제 강점기부터 1980년대까지로, 시간의 스펙트럼이 매우 넓다. 소설 전반부는 '선자'의 가족이 겪었던 고단한 삶과 오사카로 정착하게 되는 과정을 그렸다면, 후반부는 일본에서 뿌리를 내리고자 했던 그들의 시도와 역경을 담고 있다. 언청이 훈이가 양진과 결혼하고 몇 번의 유산 끝에 선자라는 딸을 얻게 되고, 선자는 고한수라는 남자와 사랑에 빠져 아이를 갖게 된다. 고한수가 이미 가정이 있는 남자라는 사실을 알게 되자 선자는 한수와 이별하고, 선자의 하숙집에 손님으로 온 백이삭이라는 젊은 목사와 결혼하여 오사카로 떠난다. 선자의 아들인 노아는 와세다 대학에 들어가지만 자신의 출생의 비밀을 알게 되자 학교를 그만두고 먼 곳으로 떠나고, 또 다른 아들인 모자수는 파친코 사업에 뛰어들어 훗날 엄청난 부를 쌓게 된다. 모자수의 아들 솔로몬까지 이야기는 이어지는데, 아무리 시간이 흐른다 해도 그들의 삶이 일본 사회에 여전히 온전히 수용되지 않는다는 사실이 후반부로 갈수록 더욱 명확해진다.

김현경의 〈사람, 장소, 환대〉에서 언급되었던 두 가지 내용, 성원권을 인정받고자 하는 '인정투쟁', 그리고 '오염의 메타포'에 관한 내용이 〈파친코〉를 읽으며 오버랩되었다. 일본에 자리를 잡아 몇 대가 뿌리를 내리고 살아가고 있지만, 끝끝내 사회의 성원으로 환대받지 못하고 정기적으로 외국인 등록증을 갱신받고 지문을 찍어야 하는 삶은 그들이 여전히 일본 사회에서 외국인이며 인정투쟁에서 실패했다는 사실을 보여준다. 소설 속 '노아'는 진정한 일본인이 되고 싶다는 비밀스러운 꿈을 가지고 있었고, 모자수도 정직하게 부를 쌓아 건실한 사업가가 되어 인정받고 싶은 욕망을 있었지만 그들은 여전히 변두리의 존재에 머무르고 있는 것 같아 연민이 느껴졌다.

"조선인들은 더럽다"라는 말, 일본인이 아닌 외국인은 고용하지 않겠다는 건물주. 소설 속에 명확하게 드러나고 있는 오염의 메타포와 공공연한 차별을 통해 그간 생각하지 못했던 재일 교포들의 삶에 대해 생각해 보게 된다. 그들의 인정투쟁은 종료되었을까?

그들은 일본 사회에 속하고 싶지만 속할 수 없고, 한국 사회에서도 일본인으로 취급받는다. 그들의 인정투쟁은 끝나지 않았고, 일본 뿐 아니라 사회 곳곳에서 환대받지 못하는 이들은 존재할 것이다.

> "잘 들어. 네가 할 수 있는 일은 없어. 이 나라는 변하지 않아. 나 같은 조선 인들은 이 나라를 떠날 수도 없어. 우리가 어디로 가겠어? 고국으로 돌아 간 조선인들도 달라진 게 없어. 서울에서는 나 같은 사람들을 일본인 새끼 라고 불러. 일본에서는 아무리 돈을 많이 벌어도, 아무리 근사하게 차려입 어도 더러운 조선인 소리를 듣고. 대체 우리 보고 어떡하라는 거야? 북한 으로 돌아간 사람들은 굶어 죽거나 공포에 떨고 있어."(파친코, 220p)

〈사람, 장소, 환대〉에서 알게 된 내용들은 〈파친코〉 이외에도 다 른 책들을 읽으면서도 계속 떠올랐다. 여전히 사회에서 배제되고, 차별받으며 끊임없이 인정투쟁을 하고 있는 사람들이 있다. 그런 의미에서 〈사람, 장소, 환대〉는 내가 속한 사회에 대해, 그리고 사 회가 요구하는 구성원의 '조건'에 대해 생각해보게 하고 시야를 넓 혀주는 좋은 책이다. 나만 혼자 읽기 아쉬워서 동료 선생님들과 책 모임을 만들어 같이 읽고 감상을 나누기도 했는데, 살아가며 의식 하지 못했던 개념들에 대해 책을 읽고 이야기를 나누니 나의 좁은 시야가 더욱 확장되는 것을 느꼈다.

김춘수 시인의 〈꽃〉이라는 시가 떠오른다.

"내가 그의 이름을 불러 주기 전에는 / 그는 다만 / 하나의 몸짓에 지나지 않았다. // 내가 그의 이름을 불러 주었을 때 / 그는 나에게로 와서 / 꽃이 되었다. // 내가 그의 이름을 불러 준 것처럼 / 나의 이 빛깔과 향기에 알맞은 / 누가 나의 이름을 불러 다오. / 그에게로 가서 나도 / 그의 꽃이 되고 싶다. // 우리들은 모두 / 무엇이 되고 싶다. // 너는 나에게 나는 너에게 / 잊혀지지 않는 하나의 눈짓이 되고 싶다."

지금도 사회의 변두리에는 '이름이 불리지 못한 채 소외된 사람'이 많다. 가끔 그들의 이야기를 신문 기사, 뉴스로도 접하고, 때로는 책으로도 접하곤 한다. 우리는 그들이 우리 사회에서 자리를 찾기 위해 우리를 목 놓아 부르고 있지만, 아직 그들에게 알맞은 자리를 내주지는 못한 것 같다. 지금이라도 그들의 이름을 불러 그들이 '꽃'이 될 수 있도록, 우리의 환대를 통해 서로에게 의미 있는 '눈짓'이 되기를 바란다.

주변 사람들을 둘러보고 세상을 올바르게 바라볼 때, 비로소 우리는 더 나은 세상을 만들어 나갈 수 있을 것이다. 나를 움직이게 하는 작은 시작이 몇 권의 책이 될 수도 있다. 앞으로도 나를 일깨우는 책들을 읽으며 세상을 투명하게 바라보고 싶다.

생각하는 자리

- 사회 구성원으로 '환대'받는다는 것은 어떤 의미일까요?

- 주변에서 사회 구성원으로서 환대받지 못하는 사람들의 사례를 찾아보
  세요.

- 나도 무의식중에 누군가를 차별하거나 배제한 경험이 있을까요?

- 내가 만약 어떠한 이유로 차별을 받거나 배제당한다면 어떤 기분이 들까요?

- 사회에서 모든 구성원이 환대받는 사회로 나아가기 위해서는 어떤 변화
  나 노력이 필요할까요?

교육, 그 어려움에 대하여

토드 로즈, 〈평균의 종말〉

서태지와 아이들, 〈교실 이데아〉

됐어! 됐어! 이제 그런 가르침은 됐어!

…

매일 아침 일곱 시 삼십 분까지…

교육 현장의 문제점을 신랄하게 비판하고 있는 이 파격적인 가사의 노래는 1994년에 서태지와 아이들이 발표한 것이다. 새벽 별을 보고 집을 나서서 도시락 세 개 싸 들고 학교로 향하던 시절, 모두가 가열하게 수능을 준비하느라 밤늦게까지 학교 불이 꺼지지 않았던 그 시절에 나왔던 노래다. 그 시절 우리 사회의 교육열은 대단했고, 무한 경쟁을 거치고 경쟁의 단계마다 승자가 되어 위로 더 위로 올라가야만 대학 배치표의 가장 상단에 자리 잡고 있는 학교에 진학할 수 있었다. 얼마나 그때의 교육열이 살벌했으면 서태지와 아이들이 '교실 이데아'라는 노래를 통해 절규했을까.

이 노래가 세상에 나오고 많은 시간이 지났다. 교육은 조금 나아졌을까? 서태지와 아이들의 절규가 통했을까? 정시 이외에 수시 모집이 생겼고, 학생이 가진 여러 역량을 바탕으로 학생부를 잘 꾸려 이른바 '학종' 전형으로 대학을 갈 수 있으니 예전의 입시보다는 조금은 편해진 게 아니냐고 물을 수도 있겠다. 하지만 수시 모집과 정시 모집으로 입시의 큰 틀이 바뀌고 대학마다 입시 요강을 저마다 다르게 발표하면서 아이들은 더욱 어려운 상황에 처한 것 같다.

학교 현장에서 일하며 학생들이 처한 현실을 직접 바라본다. 공부하는 아이들은 여전히 과도한 경쟁으로 압박감에 시달리는 것 같다. 학급에서 담임을 맡을 때의 일이다. 한 아이가 개인적인 이유로 자퇴를 한다고 했고, 그 사실이 알려지자 순식간에 소문이 퍼지면서 아이들이 동요했다. 나는 아이들이 동요하는 이유가 함께 몇 달간 공부하던 학교라는 테두리를 떠나는 것에 대해 느끼는 아쉬움 때문이라고 생각했다. 하지만 아이들이 웅성거렸던 이유는 그게 아니었다. 한 명이 학교를 떠나면서 자신들이 수강하는 과목의 인원수가 적어지고, 그것으로 인해 자신의 석차 등급이 떨어질까 하는 우려 때문이었다. 내가 너무 감성적으로 생각했던 걸까? 무엇이 아이들을 이렇게 만든 것일까. 수능 최저 등급을 맞추고 내신을 잘 받으면 원하는 대학에 진학할 수 있는 가능성이 높아졌다. 그래서 학교 현장에서 아이들은 1등급(4%)이나 2등급(9%) 안에 속하기 위해 치열하게 경쟁한다. 단순히 지필평가를 100점 받는다고 해서 원하는 등급을 받을 수 있는 것도 아니다. 수행평가 일정을 꼼꼼하게 챙기고 평가 요소를 충족시킬 수 있도록 최대한 준비를 해야 한다. 이렇게 해서 아이들은 원하는 등급을 받기도 하고, 혹은 받지 못해서 좌절하기도 한다.

세 아이를 키우는 엄마로서도 교육에 대해 깊이 생각하게 된다. 내가 자라던 어린 시절을 떠올려 보면 학교가 끝나면 동네 친구들과 모여 고무줄 놀이를 하고 숨바꼭질하며 어울려 놀기에 바빴다. 해가 뉘엿뉘엿 질 무렵이면 엄마가 창밖으로 고개를 내밀어 부르는 소리를 듣고 그제야 집으로 발걸음을 돌렸다. 하지만 요즘 우리 아이들이 살고 있는 세계는 그렇지 않은 것 같다. 아동의 발달에 있어 '놀이의 중요성'이 강조된다는 것은 잘 알지만, 정작 아이들은 놀 시간이 없다. 학교를 마치면 제각기 학원으로 흩어져 무언가를 배우고, 집에 돌아오면 해야 할 숙제가 산더미처럼 쌓여 있다. 이 숙제를 마치고 나면 밤이 되고 만다. 게다가 유치원 때부터 한글을 떼고 영어를 어느 정도 배운 상태에서 학교에 들어가고, 위 학년 내용을 미리부터 배우는 학습법은 이제 낯설지 않게 되었다.

'이 정도 나이에는 이만큼 한다.'라는 평균치가 예전에 비해 훨씬 높아진 것 같다. 그러면서 아이들의 학습에 대한 부모나 사회의 기대치도 덩달아 높아졌다.

이런 현실 속에서 살아가며 바람직한 교육은 어떤 방식으로 이루어야 하는지 생각해 본다. 교사로서, 세 아이의 엄마로서 내가 놓치고 있는 것은 없는지, 학생이나 아이들을 어떤 시각으로 바라볼지 고민해야 할 필요를 느낀다. 이런 고민이 당면한 문제를 한순간에 해결해 줄 수는 없을 것이다. 하지만 고민해야만 반성과 성찰을 할 수 있고, 이를 통해 나아갈 방향을 생각해 볼 수 있다. 토드 로즈의 〈평균의 종말〉은 그간의 교육이 걸어온 방향과 이유, 그리고 현재 우리 교육의 문제점에 대해 생각해 볼 수 있는 책이다.

토드 로즈, 〈평균의 종말〉

이 책은 '평균이라는 허상은 어떻게 교육을 속여왔나'라는 부제에서 알 수 있듯, 사회 전반에 만연해 있는 평균주의에 일침을 가하고, 이를 극복해야 한다는 내용의 책이다. 글쓴이는 평균만을 강조하고 개인을 배제한 교육이 더 이상 의미가 없으며, 다른 방식의 교육이 이루어져야 한다고 강조한다. 책에서는 비행기 조종석의 사례를 예로 든다. 조종사의 평균 체격을 고려하여 똑같은 크기로 비행기 조종석을 제작했을 때는 사고율이 높았고, 개개인의 신체적 특성을 고려하여 맞춤식 조종석을 제작했더니 훨씬 사고율을 낮아졌다는 것이다. 이는 '평균주의'의 위험성과 '개개인성'의 필요성을 단적으로 보여주는 사례다. 우리 교육은 전자에 가까울까, 후자에 가까울까?

　평균주의가 그간의 교육에 적용되었던 배경을 살펴보자. '테일러'라는 사람이 산업 조직의 비효율성을 최소화하기 위해 '표준화(standardization)'라는 개념을 제안했고, 그 개념은 산업 전반, 기업들의 근로 환경에 적용되었다. 이러한 방법은 교육에도 적용되어 평균적 학생을 위한 표준 교육을 이루어내기 위한 방향으로 교육은 발전해 나갔다. 평균주의적 교육관점에 의하면 '케틀러'라는 학자는 평균에 가까운 학생을 이상으로 보고 이에 벗어난 개개인은 '오류'라고 보았고, '손다이크'라는 학자는 평균보다 우위에 있는 우등한 학생들에게 아낌없는 기회를 주어야 한다고 주장했다. 그렇기 때문에 손다이크는 학교 학생들을 재능 수준에 따라 분류하는 것을 학교 교육의 목표로 삼았다.
　요즘 입시제도를 떠올려 보면 이러한 관점은 아직도 그대로 교육에 적용되고 있다는 사실을 알 수 있다. 대학 입시에서 중요시되는 내신을 따기 위해서는 지필 평가에서 우수한 성적을 거두어야 하고, 평가 결과에 따라 학생들은 높은 성적부터 낮은 성적까지 질서 정연하게 줄이 세워지니 말이다. '대체로 이 또래의 아이들은 평균적으로 이러하다'라는 것을 전제로 삼고, 평균치에 근접하면 정상으로, 평균치에서 벗어나면 비정상으로 보는 사고는 시간이 많이 흘렀지만 여전히 교육에서 큰 힘을 발휘하고 있다.

하지만 교사로서, 그리고 아이를 키우는 엄마로서 아이들을 바라보았을 때 아이들은 하나하나 저마다 보석 같은 빛깔을 가지고 있다. 그 빛깔이 서로 다를 뿐 누가 우월하고 우월하지 않다는 것을 말할 수 없다. 그들은 그저 '다른' 것이다. 우리는 그 보석 하나하나가 가진 빛깔의 아름다움을 느끼고 존중해줄 필요가 있다.

그런 의미에서 교육은 네모반듯한 교실에 앉아 있는 아이들이 사실은 저마다 다르다는 것을 놓치지 말아야 한다. 학기가 시작되고 처음 교실에 들어서면 교실의 아이들이 다 엇비슷하게 보인다. 하지만 시간이 흐르면 같은 옷을 입고 비슷한 머리 모양을 하고 앉아 있어 누가 누구인지 알 수 없었던 아이들이 하나하나 개별의 존재로 보인다. 매년 겪는 일이지만 때마다 신기하다. 어떤 아이는 다른 사람을 사로잡는 뛰어난 말솜씨를 가지고 있고, 어떤 아이는 내성적이지만 자기 생각을 글로 잘 표현한다. 어떤 아이는 성적은 우수하지 않지만 과학을 정말 좋아해서 밤새도록 관련 영상을 찾아보고, 계속 관심 있는 분야에 대해 탐구한다. 또 다른 아이는 교과 수업에는 별다른 관심이 없지만 운동에 뛰어난 재능이 있다. 각기 다른 성격, 재능을 가진 아이들의 얼굴이 보이고, 그 아이들이 하는 말이 들려온다. 난 아이들을 교실에서 마주하며 수업하는 것은, 사각형 교실에서 흐릿하게 보였던 아이들을 한 명 한 명 또렷하게 보는 과정이라고 생각한다. '자세히 보아야 / 예쁘다 // 오래 보아야 / 사랑스럽다 // 너도 그렇다.'라는 시의 메시지처럼 말이다. 그런 의미에서 교육은 '아이들은 대체로 이렇다'라는 말보다는 '개개인성'이라는 말에 더 가까워져야 한다.

토드 로즈는 평균주의에서 벗어나 '개개인성'을 중시해야 한다고 말한다. 그리고 개개인성의 원칙으로 '들쭉날쭉의 원칙, 맥락의 원칙, 경로의 원칙'을 제시한다. 먼저, '들쭉날쭉의 원칙'은 개인은 일차원적으로 이해해서는 안 되며, 균일하지 않고 들쭉날쭉한 여러 가지 특성을 종합적으로 고려해야 한다는 것이다. 평균적으로는 유사한 사람이 사실은 재능, 지능, 성격, 창의성 등등 여러 방면에서 다를 수 있다. 글쓴이는 예시로 모든 면에서 평균치에 가까운 선수들로 농구팀을 구성했더니 경기 성적이 매우 부진했지만, 평균이 아닌 개인이 가진 능력에 초점을 두고 다시 팀을 정비하니 성적이 향상되었다는 이야기를 보여준다.

모두에게 획일적으로 제공되는 교육 내용, 시험을 통한 평가에서 학생이 좋은 결과를 받지 못했다고 해서 그 학생이 열등한 학생인 걸까? 아니다. 그 학생은 해당 분야에서 미진하더라도 다른 분야에서는 재능을 가지고 있을 수 있다. 학생이 일차원적 존재가 아니라는 사실, 들쭉날쭉한 여러 특성을 가진 존재라는 것을 우리는 늘 의식해야 한다. 그렇기에 내 아이를 바라볼 때도 어떤 분야에서 평균에 도달하지 못했다고 해서 실망할 필요도 없는 것이다. 아이들은 모두 '다르다'는 것, 그 다름 속에서 각자 고유의 빛을 내는 존재라는 사실을 늘 기억해야 할 것 같다.

두 번째로 맥락의 원칙은 개개인의 성격은 특정 상황과 결부시켜서 이해해야 한다는 것이다. 누군가의 성격을 이해할 때 내향적, 외향적 등 특정 단어로 규정시키는 것은 지양해야 하며, 개인은 특정 상황에 처했을 때 자신의 특정한 성격이 발현된다는 것이다. 따라서 상황이나 맥락은 고려하지 않고 교사의 입장에서 '이 학생은 원체 내성적이니까 이렇게 생각하고 행동할 것이다'라고 생각하거나, 부모의 입장에서 '내 아이는 내향적이니, 다른 아이들과 밖에서 어울리는 것보다 집에서 정적인 활동을 할 수 있게 환경을 조성해야겠다'고 판단하는 것은 타인에 대한 진정한 이해라고 볼 수 없다고 그는 말한다.

많은 사람들이 누군가의 성격을 이해할 때 평균적 성향이나 '본질적 기질'을 염두에 둔다. 나아가 자신을 이런 방식으로 규정하고는 한다. MBTI 성격 유형 검사도 '내 성격은 이렇다'고 판단을 내린다는 점에서 평균주의, 혹은 본질주의에 가깝다. 나의 경우 MBTI 검사에서 E(외향적)인 성격이 나왔지만, 내 기질에 대해 곰곰이 생각해 보면 I(내향적)인 성격에 가까워 보이기도 한다. 가까운 사람들과 함께 있을 때는 웃음이 많고 수다스러운 모습을 보이고, 책을 읽거나 공부할 때는 최대한 구석진 곳을 찾아 누구의 눈에 띄는 것을 싫어하기 때문이다. 이런 나의 여러 성향들을 '본질적'으로 규정할 수 있을까? 나는 많은 사람들이 여러 개의 페르소나를 가지고 살아가는 다차원적 존재에 가깝다고 생각한다. 그렇기에 본질주의적, 평균적으로 누군가를 바라보는 것은 그 사람을 성격의 틀에 가두고 단정 짓는 것이며, 일종의 '편견'에 해당한다. 누군가를 대할 때 그를 특정한 언어로 규정하기보다는 상황과 맥락 속에서 달라지는 존재로 바라보고 그를 수용한다면, 타인을 있는 그대로, 그리고 더욱 깊이 있게 이해할 수 있을 것이다.

세 번째로 경로의 원칙은 '인간의 발달에는 하나의 정상적인 경로라는 것이 없다'라는 것이다. 글쓴이는 '빠른 것이 똑똑한 것이다'라는 일반적인 가정에 의문을 제기하고, 학생들은 문제를 해결하거나 학습하는 데 있어 저마다의 속도가 있다는 사실을 존중해 줘야 한다고 말한다. 실제로 '자율 속도형'으로 수업을 했을 때 훨씬 학업 성취도가 높았다는 실험의 근거도 제시하면서 말이다. 나는 학창 시절 수학이 참 어렵게 느껴졌었다. 하나를 이해하는 데 다른 아이들보다 시간이 꽤 오래 걸렸던 것이 그 이유였던 것 같다. 하지만 시간에 쫓기지 않고 문제에 대해 충분히 고민하다 보면 결국 문제를 풀어낼 수 있던 때가 종종 있었다. 그때 나에게 필요했던 것은 '나만의 속도'가 아니었나 싶다. 부모가 아이를 바라볼 때에도 이 원칙은 의미가 있다. 아이를 키우다 보면 가장 흔하게 하는 고민은 대체로 '또래 아이들에 비해 내 아이는'으로 시작된다. 내 아이가 또래에 비해 늦게 걸어서, 말이 늦어서, 한글을 늦게 깨쳐서 걱정하는 부모들이 그만큼 많다. 나도 아이를 낳고 키우면서 또래 아이들의 발달과 특성에 대해 검색해 보고 내 아이가 조금이라도 늦으면 '괜찮은 걸까?'라고 생각하며 꽤 불안해했다. 하지만 다른 사람에 비해 빠른 것이 곧 똑똑한 것이 아니라는 글쓴이의 말은 평균에 기대어 아이를 판단하는 게 얼마나 부질없는지 생각하게 한다. '또래 아이들은 대체로'라는 생각에 파묻힌 채 불안해하기보다는 아이를 보다 믿어주고 자신의 속도에 맞게 나아갈 수 있도록 응원해 주는 게 오히려 더 좋지 않을까?

글쓴이는 책의 후반에 '학위가 아닌 자격증 수여, 성적 대신 실력의 평가, 학생들에게 교육 진로의 결정권 허용하기'와 같은 대안을 제시하며 교육의 변화를 모색해야 한다고 주장한다. 그가 제안한 해법도 입시 현실 속에서 완벽한 정답이라고는 할 수 없을 것이다. 과연 그게 가능한 것인지, 혹은 옳은 것인가에 대해 반문할 수도 있다. 하지만 그것이 지향하는 가치나 목표에 대해서는 충분히 생각해 봐야 할 것 같다. 개개인성을 지향할 때, 평균주의에서 벗어날 때 교육은 보다 학생 개개인에게 유의미한 성장의 경험일 수 있을 것이기 때문이다.

"이제 더는 평균의 시대가 강요하는 속박에 제한당할 필요가 없다. 이제는 시스템에 대한 순응이 아니라 개인의 인성을 중시함으로써 평균주의의 독재에서 해방돼야 한다. 우리 앞에는 밝은 미래가 펼쳐져 있으며 그 시작점은 평균의 종말이다."(274p)

그런 의미에서 이 책은 교사, 학부모와 같은 교육의 주체라면 읽어 보면 좋을 책이다. '교육의 대상인 아이들을 어떻게 바라봐야 하는가?'라는 질문에 대해 이 책은 평균적 존재로 규정하지 말고 아이들을 하나하나 빛나는 존재들로 보아야 한다고, 그들은 모두가 다르다는 사실을 교육은 명심해야 한다.'고 말하고 있는 것 같다.

대한민국 입시는 전쟁이라는 말이 있다. 모두가 죽기 살기로 입시를 위해 돌진하는 전쟁통에서 교육은 어떤 길을 가야 하는 것일까. 입시를 위한 성적을 내고 학생들을 성적에 맞게 줄을 세워야만 하는 교실에서 평균주의를 벗어나 개인주의를 지향하는 것이 이상적인 외침이 될 수 있다는 것을 잘 알고 있다. 하지만 '방향성'과 '가치 지향성'은 매우 중요하다. 어떠한 가치를 지향하는가에 따라 구체적인 실행의 모습은 크게 달라지기 때문이다. 우리가 그간 어떤 가치를 추구하고 그것을 교육에 반영해 왔는지 뼈아픈 반성을 하고, 나아가 앞으로 우리는 어떠한 가치를 지향하며 나아가야 하는지 그리고 우리 아이들은 어떤 교육의 장면에 놓여야 하는지 고민하고 그 방향을 잡아야 할 것이다.

생각하는 자리

- '평균주의'는 교육에서 어떤 방식으로 적용되어 왔나요?
- '평균주의'는 현재의 교육에 여전히 유효한가요?
- '평균주의'가 여전히 유효하다면 그 이유는 무엇일까요? 유효하지 않다면 그 이유는 무엇일까요?
- 교육은 어떤 방향으로 나아가야 할까요? 어떤 가치를 지향해야 할까요?
- 내가 지향하는 방향성, 가치는 현실에서 어떠한 방식으로 구체화될 수 있을까요?
- 내가 지향하는 방향성, 가치가 입시 현실과 어긋날 때 해결 방안은 무엇이 있을까요?

글 쓰는 '나'를 위한, 식탁 쓰기

무라카미 하루키, 〈직업으로서의 소설가〉,
은유, 〈쓰기의 말들〉

글을 쓰는 것은 무척 어려운 일이다. 그렇지만 계속 글을 쓰는 이유는 글쓰기가 나에게 분명한 보답을 주기 때문이다. 쉴 새 없이 울리는 업무 메신저, 스마트폰의 메시지, 어느 때는 누가 나를 찾는지 목소리를 분간할 수 없을 정도로 끝없이 '엄마'를 부르는 아이들의 외침까지… 소리로 가득찬 세상 속에서 하루를 살다 보면 몸과 마음이 너덜너덜해진다. '소진된다'는 말이 적당할 것 같다.

이런 상태의 나에게 정말 필요한 건 혼자 조용히 내면을 응시할 수 있는 시간이었다. 곤히 잠든 아이들을 뒤로하고 방문을 조심스레 닫으면 공식적인 하루가 끝난다. 정말 피곤한 날은 아이를 재우면서 그대로 잠이 들기도 하지만, 아이를 재우고 난 뒤의 내 시간이 나를 충전하는 시간이라는 사실을 알기에 몸이 피곤해도 일어나려 노력한다. 어느 때에는 아이를 재우며 잠이 들까 봐 스마트워치에 아이들이 잠들 만한 시간으로 알람을 맞춰 일어나는 불굴의 의지를 발휘하기도 한다. 그러고 나서 나의 공간인 식탁에 앉아차분하게 글을 쓴다. 하루를 정리하며 짤막한 글이라도 쓰곤 한다. 아이들이 오늘 어떤 말을 했는지, 어떤 경험을 하고 성장을 했는지, 나는 무엇을 느꼈는지 간단하게라도 기록해 놓고, 그게 모이면한 편의 글이 된다. 나와 대면할 수 있는, 나를 위로할 수 있는 고요한 나만의 시간이다. 나를 지지하고, 스스로를 애정 어린 눈으로바라보는 부드러운 시간이다. 이 장에는 보다 많은 사람들이 글쓰기의 즐거움과 기쁨을 알게 되었으면 하는 바람을 담아, '쓰지 않는 사람조차 쓰고 싶게 만드는' 두 권의 책을 소개한다.

무라카미 하루키, 〈직업으로서의 소설가〉

무라카미 하루키의 작품을 처음 읽은 건 〈상실의 시대〉라는 소설이었다. 몽환적인 분위기, 특색 있는 인물과 독창적인 이야기의 전개 방식 등 다양한 매력을 발산하며 많은 사람들에게 사랑을 받은 작품이다. 하루키는 그 작품 이외에도 〈해변의 카프카〉, 〈1Q84〉, 〈일인칭 단수〉, 〈도시와 그 불확실한 벽〉 등 수많은 작품들을 연이어 출간하며 세계적인 소설가로 지금도 명성을 떨치고 있다. 하루키의 작품들을 읽을 때 이야기 속 세계에 빠져 그저 소설을 읽었을 뿐, 하루키라는 사람 자체에 대해서는 잘 알지 못했다. 지인의 추천을 받아 읽게 된 〈직업으로서의 소설가〉는 그가 어떻게 소설가가 되었는지, 소설을 쓸 때의 태도와 마음가짐은 어떠한지, 소설 속 인물은 어떻게 창조하는지, 독자들을 어떻게 인식하는지, 자신의 작품에 대한 평가에 어떻게 대처하는지 등에 대해 진솔하고 담담하게 써 내려간 에세이이다.

　하루키가 지금처럼 성공한 작가의 반열에 오르게 된 비결은 단연 '꾸준함과 성실함'이다. 그는 낮에는 가게를 운영했고, 일을 마치고 나서야 밤에 식탁에 앉아 매일매일 글을 썼다고 한다. 그리고 소설을 써야 할 것만 같아서, 글 쓰는 것이 좋아서 꾸준하게 쓰기 시작한 글들이 어느 날 빛을 보게 된다. 문학계의 '입장권'을 따낸 그는 그 후로 30년이 넘는 시간 동안 계속 글을 써 왔다. 장편 소설을 창작하는 데 필요한 게 무엇일까? 필력, 상상력, 창조성 등의 것들이 떠오른다. 하지만 무엇보다 가장 필요한 것은 지치지 않고 소설 속 세계를 완성할 수 있도록 '쓰는 관성'을 유지해 주는 성실함, 체력이다. 작가 하루키는 놀랍도록 '건강하고 성실한 삶'을 살았다. 나는 평소에 '작가의 삶'이라고 하면 원고 마감을 앞두고 시간이 가는 줄도 모르고 작품에 몰두하는 모습을 떠올렸다. 이런 생각 때문인지 작가가 되면 당연히 건강하고 규칙적인 삶의 리듬을 유지하기 어려울 거라 생각했다. 하지만 앞에서 떠올렸던 이미지들과 그는 거리가 멀다.

30년간 꾸준히 작품을 낼 수 있기 위해서는 신체의 힘이 뒷받침되어야 하는데, 그는 이를 위해 꾸준히 '달리기'를 해 왔다. 달리기로 기초 체력을 쌓고 매일 일정 분량의 글을 써서 결국엔 작품을 만들어낸 것이다. 장편 소설을 쓰는 일은 자기만의 세계를 구축하고 그 안에서 서사의 숨결을 불어넣는 어마어마한 일이다. 작가는 인물들의 얽히고설킨 관계들을 구성하고, 그들의 가치관과 생각을 만들어내는, 세계의 창조자이다. 그 인물들이 벌이는 사건들이 이야기가 되고 삶이 되고, 독자에게 깊은 감동을 주게 되는 것이다. 그 일을 하기 위해서는 며칠 만의 노력 가지고는 안 될 일이다. 오랜 시간을, 꾸준한 호흡으로, '성실하게' 써야만 한다. 하루키는 그렇게 하기 위해 노력했고, 지금은 성공한 소설가가 되었다.

일단은 만전을 기하며 살아갈 것. '만전을 기하며 살아간다'는 것은 다시 말해 영혼을 담는 '틀'인 육체를 어느 정도 확립하고 그것을 한 걸음 한 걸음 꾸준히 밀고 나가는 것, 이라는 게 나의 기본적인 생각입니다. 살아간다는 것은 (많은 경우) 지겨울 만큼 질질 끄는 장기전입니다. 게으름 피우지 않고 육체를 잘 유지해 나가는 노력 없이, 의지만을 혹은 영혼만을 전향적으로 강고하게 유지한다는 것은 내가 보기에는 현실적으로 거의 불가능합니다. (중략) 육체적인 힘과 정신적인 힘은 말하자면 자동차의 양쪽 두 개의

바퀴입니다. 그것이 번갈아 균형을 잡으며 제 기능을 다할 때, 가장 올바른 방향성과 가장 효과적인 힘이 생겨납니다. (198p)

소설을 쓰기 전 책상을 깨끗이 치우고 소설만을 쓸 것을 다짐하는 그, 정신과 육체의 조화로움 속에서 습관처럼 글을 쓰는 이 소설가가 나에게는 무척 매력적으로 다가온다. 그가 전 세계적으로 사랑받는 소설가가 된 것이 단순히 그가 가진 천부적인 재능에 백 퍼센트 기대고 있지 않으며, 그 누구보다 성실하고 꾸준하게 스스로를 다독이며 단련했기에 가능한 일이었다는 사실을 알고 나니 그에게 더 마음이 간다.

이제 그는 성공한 작가가 되었고, 수많은 나라의 사람들이 그의 글을 읽는다. 워낙 많은 사람들이 읽는 만큼 작품에 대한 반응은 제각각일 것이다. 어떤 이는 소설에 대해 날을 세워 비판할 것이고, 어떤 이는 그의 소설에서 위안을 받고 감동할 것이다. 하지만 난 하루키의 이 에세이를 본 이상, 그가 작품을 써 내려가고 여러 번 다시 쓰기를 반복하는 밀도 있는 열정을 본 이상, 그의 소설에 날을 세우지는 못할 것 같다. 오히려 그의 소설을 여전히 기다리는 한 명의 충실한 독자가 될 것 같다. 그리고 읽을 때마다 하루하루를 성실하게 맞이하는 한 명의 소설가를 떠올릴 것 같다.

그에게서 '쓰는 사람'이 갖추어야 할 덕목을 보았다. 지치지 않고 나아가는 힘을 갖추기 위해 스스로를 관리해야 한다는 것, 그리고 꾸준하고 성실하게 임해야 한다는 점이다. 육체적인 힘과 정신적인 힘이라는 자동차의 양쪽 바퀴를 균형 있게 유지해야만 원하는 바를 이룰 수 있다는 사실을 그의 삶을 통해 알게 되었다. '읽는 것'과 '쓰는 것'은 별개의 것이 아니다. 읽는 사람이자 쓰는 사람으로 앞으로의 날들을 살아가고 싶다. 그런 나에게 하루키가 30년간 글쓰기를 해 온 비결은 의미 있게 다가온다.

은유, 〈쓰기의 말들〉

〈쓰기의 말들〉이라는 책의 부제는 '안 쓰는 사람이 쓰는 사람이 되는 기적을 위하여'이다. 나에게 글쓰기는 무엇일까? 앞서 언급했듯이 나는 글쓰기에 익숙하지 않았고, 스스로 글을 잘 쓴다고 생각해 본 적이 없다. 여전히 쓰는 것보다 읽는 것이 익숙하고, 내가 쓴 글을 누군가가 읽는 것은 나를 온전히 드러내는 것 같아 부담스러웠다. 가슴을 울리는 누군가의 글을 보고 부러움을 느끼며 나도 잘 쓰고 싶다는 갈망을 가져보았지만, 잘 쓰기 위해 노력을 해 본 경험이 드물었다. 정작 한 편의 완결된 글을 쓰기 위해서는 어떤 노력을 해야 하는지도 진지하게 생각해 본 적이 없다. 그래서 글쓰기 능력은 노력하면 얻을 수 있는 게 아닌, 재능의 산물이라고 여겼던 것 같다. 이런 나에게 은유 작가의 글들은 '당신도 쓸 수 있어요'라고 속삭이며 응원의 말들을 전한다.

　은유 작가는 블로그에 글을 썼던 것을 모아 〈올드걸의 시집〉이라는 책을 냈고, 그 책이 선풍적인 인기를 끌어 대중에게 사랑을 받으면서 집필 활동을 이어 갔다. 은유 작가의 글은 읽는 사람을 끌어들이는 매력이 있었다. 그래서 은유 작가의 글을 좋아하고 책이 출간되면 찾아서 읽는 편이다. 책 속에서 글쓰기에 어려움을 겪는 이에게 '말하듯이 쓰라'고 조언한다는 그녀의 말대로 그녀의 글은 정말 말하듯이 쓰여 있다. 아무리 무거운 내용을 담고 있어도 물 흐르듯 읽을 수 있고, 읽다 보면 감칠맛 나는 '글맛'에 점차 빠져들게 된다. 놀라운 점은 그녀가 글쓰기를 독학으로 배웠다는 점이다. 계속해서 읽다 보니 문장과 문장 사이에서 퇴적 풍화 작용이 일어났고 어느 순간이 되자 그는 '다른 글'을 쓰고 싶어 몸이 달았다고 한다. 그래서 블로그에 자신의 이야기를 쓰기 시작했고, 더 잘 쓰기 위해 글쓰기에 관한 책들도 수없이 읽었다고 한다. 〈쓰기의 말들〉에서 그녀는 읽으며 모아 온 '문장'들을 한 문장씩 꺼내어 주면서, 글쓰기를 시작하는 사람들에게 간절하게 원한다면 '지금' 쓰기를 시작하라고 말한다. 그 후 나만의 언어와 사유로 종이를 채워 나가는 것의 어려움과 방법을 소개해 준다. 나는 가슴을 울리는 멋진 글을 쓰는 작가들은 빈 화면과 깜빡이는 커서를 보고 불안이

나 공포를 전혀 느끼지 않을 거라고 생각했었다. 하지만 책을 읽고 나니 글을 쓰는 것이 누구에게나 쉬운 일이 아니라는 사실을 알게 되어 조금이나마 위안을 받았다. 쉽지 않은 일이지만 우리 삶에 꼭 필요한 것이 글쓰기라는 사실도 알게 되었다.

그래서 이 책을 읽고 나면 쓰고 싶다는 생각이 밀려온다. 책을 읽으며 내 안에 차곡차곡 쌓여 있는 문장들이 나만의 사유와 절묘하게 어우러져 문장으로 꺼낼 수 있을 것만 같다는 용기가 생기는 것이다. 저렇게 글을 유려하게 잘 쓰는 작가에게도 글을 쓰는 게 쉬운 일이 아니라는 사실과 노력을 통해 좀 더 나은 글을 쓸 수 있다는 것을 통해 나 또한 한번 해보고 싶다는 건강한 자극을 받는다. 읽기와 쓰기가 결코 동떨어진 것이 아니라는 사실을 느끼며, 나의 읽기를 쓰는 행위로 꼭 연결해야겠다는 다짐도 하게 된다.

은유 작가의 〈은유의 글쓰기 상담소〉라는 책도 〈쓰기의 말들〉과 엮어 읽으면 좋다. 그녀가 해 온 글쓰기에 대한 성찰을 담고 있고, 글을 쓰고자 하는 사람들을 위해 그녀가 해주는 말들로 이루어져 있다. 글쓰기의 과정에서 어려움을 느낄 만한 포인트들을 잘 짚고 해결 방안을 제시해 주고 있어서 쓰고는 싶은데 방법을 몰라 고민에 빠진 사람들에게 도움이 되는 책이다. 가령 글감을 고르는 방법, 인상 깊은 첫 문장을 쓰는 방법, 퇴고하는 방법, 제목을 짓는 방법 등 말하자면 글쓰기의 실전편이다. "완벽한 사람이 쓰는 게 아니라 쓰는 사람이 완벽해지려는 노력도 할 수 있다는 이야기를 건네봅니다. (50p)"라는 작가의 위로는 완벽하지 못하다고 생각해서 글쓰기를 머뭇거리는 많은 사람들에게 두려움을 떨칠 수 있게 해주고 희망을 불어넣어 준다.

내 글은 완벽하지 못한데, 나보다 잘 쓰는 사람이 정말 많은데, 아직 글쓰기 실력이 부족한데 계속 써도 되는 걸까? 내 글을 누가 읽어주기는 할까? 스스로에 대한 의심이 항상 내 안에 자리 잡고 있었다. 하지만 이 구절은 완벽한 사람이 쓰는 게 아니라고, 쓰는 사람이 완벽해지려는 노력도 할 수 있다며 잘하지 못하더라도 꾸준히 쓰려고 노력해야 더욱 성장할 수 있다고 말한다.

> 고통을 글로 쓰고 공적인 장에 내놓으면 조금은 담담해질 수 있을 테고, 그런 점에서 글쓰기가 글쓴이에게도 치유가 되는 게 아닐까 싶습니다. 그 일이 내 삶의 지배자가 되는 게 아니라 내가 내 서사의 편집권을 가짐으로써 그 일을 다스릴 수 있게 되죠. (은유의 글쓰기 상담소, 81p)

내가 글을 쓰기 시작한 이유와도 관련이 있는 문장이었다. 글을 씀으로써 고통을 객관화할 수 있고 서사의 편집권을 가지게 된다는 문장을 읽고 나면 내가 왜 아이를 키우면서 힘들었던 순간에 그토록 글쓰기에 매달렸는지를 알 수 있게 된다. 왜 글을 쓰게 되었을까? 아이를 낳고 초보 엄마로서, 알레르기 체질 아이를 키우며, 쌍둥이들을 키우며 겪으며 휘청거리는 마음을 글쓰기를 통해 조금씩 붙잡아 나갔다. 이 땅의 수많은 여자들이 겪어 왔던 임신과 출산, 육아지만, '나'라는 존재가 경험하는 육아는 지극히 개인적이고 고유한 대체불가의 경험이다. 나의 육체에서 떨어져 나온 이해불가의 존재, 그 존재의 삶을 지탱시키는 나라는 존재. 그냥 '나'로부터 '엄마'라는 존재로 이행하는 과정은 즐거움도 물론 있었지만 다른 면에서는 고통스러웠다. 학창 시절 많은 과목의 이론과 실제를 배우고 시험까지 봐 가며 실력을 길렀지만, 아이를 낳고 키우는 것은 그 누구도 가르쳐주지 않은 미지의 영역에 있는 것이었다. 이 영역을 최선을 통과하며 조금씩 앞으로 나아갔고, 그 과정에서 경험하고 느낀 것들을 글을 씀으로써 난 나의 감정을 조금이나마 객관화하고 정돈할 수 있었다.

매일 글을 썼던 그때는 내 생애 최악의 날들이었다. 일상을 망가뜨리는 일들이 자꾸 일어났다. 그 난리통에 어떻게 글을 썼을까 싶지만, 휘청이는 일상을 부여잡을 방도는 글쓰기가 유일했던 것 같다. 글을 매일 쓰지 않을 때는 일상이 정돈되지 않아 불안하다. (쓰기의 말들, 69p)

여전히 바쁜 일상이지만 꾸준히 아이들의 사진을 정리하고 짧은 느낌을 적어 두어 기록해 두곤 한다. 너무 바빠 매일 글을 쓰지 못한다면 아이들의 사진만이라도 미리 올려놓고 나중에 사진에 코멘트를 덧붙이는 식으로 기록하기도 한다. 그렇게라도 일상을 기록해 둔 날에는 옷장에 쌓여 있던 옷을 정리한 것 같은 개운하고 정갈한 느낌을 받는다. 휘청이는 일상을 부여잡을 방도가 글쓰기였다고 하는 작가의 말에 공감하는 이유다. 은유 작가의 글을 읽고 나면 "그래, 어떻게든 써야지"라고 스스로를 다독이고 응원하게 된다.

이 책을 읽으면서 참 반가웠던 장면은 은유 작가도 하루를 끝마친 후 식탁에서 글 쓰는 시기를 보냈다는 부분이다. 절박한 마음으로 '나'를 좀 찾아보겠다고 식탁 앞에 앉아 책을 읽고 글을 쓰는 나의 모습, 그리고 찌개 냄비를 저쪽으로 치워놓고 절박한 마음으로 노트북 앞에서 글을 써 내려가는 작가의 모습이 선연히 떠오른다. 나와 같은 마음으로 읽기와 쓰기에 매달렸던 작가의 모습에서 깊은 동질감이 느껴졌다.

여러분의 지하실은 어디인가요? 저의 '지하실'은 식탁이었는데요. 좁은 집에 서재는커녕 책상을 놓을 자리도 없어서 식탁에서 찌개 냄비를 한 편에 밀어 넣고 바로 그 자리에 노트북을 놓고 글 쓰는 시기를 몇 년간 보냈어요. 지금은 널찍한 책상이 생겼는데 동틀 무렵까지 앉아 있을 체력과 쓰지 않으면 잠들지 못했던 절박함이 사라졌네요. (은유의 글쓰기 상담소, 261p.)

다시 하루키로 돌아와서, "달리기를 말할 때 내가 하고 싶은 이야기"라는 책에 다음과 같은 구절이 있다.

혼자 있고 싶다는 생각은 변함없이 항상 내 안에 존재하고 있었다. 그런 까닭에 하루에 1시간쯤 달리며 나 자신만의 침묵의 시간을 확보한다는 것은, 나의 정신 위생에 중요한 의미를 지닌 작업이었다. 적어도 달리고 있는 동안은 누구와도 얘기하지 않아도 괜찮고, 누구의 얘기도 듣지 않아도 된다.(35p)

침묵의 시간. 그것이 핵심이다. 남의 욕구가 아닌 나의 욕구에 온전히 집중하는 침묵의 시간. 그는 달리기를 하며 그 침묵의 시간을 만끽했지만, 나에게는 그것이 글을 쓰는 시간이었다. 하루 종일 온갖 '말'들에 노출되다 보면 '혼자' 있는 '조용한' 시간이 사무치게 그리워졌기 때문이다. 저 구절을 본 순간 가슴 깊이 공감한 것은 침묵의 시간이 얼마나 가치 있는가를 나 또한 잘 알고 있기 때문이다. 나에게 책을 읽고 글을 쓰는 시간은 내가 누릴 수 있는 유일한 '침묵의 시간'이다. 그 침묵의 시간은 머릿속을 돌아다니는 수만 가지 생각과 고민 중 어떤 것은 제거하고 어떤 것은 제자리에 맞게 정돈함으로써 스스로를 충전하는 시간이었다. 이 시간을 통해 나는 지친 일상을 다시 한번 살아갈 수 있는 힘을 얻었다. 이 시간이 나에게 허락되지 않았다면 얼마나 나의 정신이 피폐해질지 나는 잘 알고 있다. 글을 읽고 쓰며 내면의 목소리에 귀를 기울이는 시간은 나의 '정신 위생'에도 중요한 의미를 지니는, 치유와 재생의 시간이었다.

그래서 마음이 힘들다면, 내 자리를 찾고 싶다면 '쓰라'고 '다시 한번' 말하고 싶다. 낡은 노트, 다이어리, 블로그. 경험하고 생각하고 느낀 것들을 조금씩 글로 적다 보면 마음의 파도가 가라앉고 다시 살아갈 수 있는 힘이 생긴다. '읽으라'고, '쓰라'고 말하는 책들이 하루가 멀다 하고 세상에 나오는 것은 그만큼 읽고 쓰는 삶이 얼마나 큰 힘을 주는지를 알리고 싶은 마음에서 나오는 외침들일 것이다. 오늘 밤, 일과를 마치고 조용히 나의 공간을 찾자. 나를 사랑하고 아끼는 마음으로, 나만의 침묵의 시간에 사각사각 글을 써 보면 어떨까.

생각하는 자리

- 나를 위해 글을 써 본 적이 있나요?
- 글쓰기는 내 삶에서 어떤 부분을 차지하나요? 어떤 역할을 하나요?
- 글을 쓰면서 나의 삶은 달라졌나요? 글을 쓰지 않는다면 내 삶은 어떨까요?
- 글을 쓰지 않는 사람에게 글을 쓰라고 말하고 싶다면, 그 이유는 무엇인가요?
- 나는 주로 어떤 공간에서 글을 쓰나요? 그 공간은 나의 삶에서 어떤 의미를 가지나요?

키친 테이블 독서, 작지만 강한 힘

아이들은 지금 이 순간에도 커 가고 있다. 몇 년 동안 세 아이를 연달아 키우며 '매운맛' 육아를 맛보았고, 그러는 도중에도 조금이라도 내 자리를 찾아보고 싶어 몸부림치는 나날들을 보냈다. 이젠 아이들은 걷고 말하고 조금씩 글자도 읽을 정도로 많이 컸다. 복직을 해서 학교로 다시 돌아와 아이들을 가르치고 있고, 일을 하면서도 가족들의 도움과 지지 덕분에 세 아이를 건사하며 하루하루를 잘 꾸려 나가고 있다. 이젠 더 이상 쉽게 잠들지 못하고 몇 시간마다 깨는 아이 때문에 밤잠을 설치지 않아도 되고, 힘들게 만든 이유식을 입에 넣자마자 바닥에 뱉어 버리는 아이를 보며 속상해하지 않아도 된다. 날것의 생활에서 다행히 조금은 벗어난 것 같다.

하지만 워킹맘의 일상도 만만치는 않아서 머릿속은 복잡하고 삶의 여유는 많지 않다. 그야말로 팍팍한 일상이다. 아이들 학원 스케줄, 학교 준비물, 유치원 준비물을 챙기느라 머리는 복잡하고 때로는 잘 챙기지 못해 삐걱거리곤 한다. 돌아가면서 잔병치레하는 아이들을 병원에 데리고 가야 하고, 성별과 연령이 다른 삼 남매가 계절마다 바꿔 가며 입는 옷을 정리하는 것도 쉽지 않은 일이다. 아이들 반찬과 간식거리를 고민하고, 공부를 봐주는 등 생각해야 하는 것도 챙겨야 하는 것도 여전히 많다. 아이들은 점점 자라고 있지만, 육아는 또 다른 과업을 나에게 요구하며 여전히 현재 진행 중이다.

삶이 팍팍할수록 내 시간과 마음의 공간을 챙기기 위해 애를 쓴다. 일과 육아를 병행하면서도 그 안에 내가 설 자리를 찾아 나에게 내어 주려 노력한다. 그 노력들이 나를 성장시킨다는 것을 경험을 통해 이미 나는 알고 있다. 바쁜 일상 속에서 어떻게든 틈을 찾아내서 출근하는 지하철에서 책을 읽고 샤워 후 머리를 말리는 자투리 시간에 이북을 보기도 한다. 요즘은 출근해서 본격적인 일과가 시작되기 전 틈새 시간을 이용해서 스마트폰 이북 어플을 이용해 짧은 독서를 하기도 한다.

이렇게 틈틈이 책을 읽으며 상황에 맞게 서평을 남겨 두고, 내 마음에 깊이 새겨진 책들은 주변 사람들에게 추천해서 감상을 함께 나눠 보기도 한다. 아이들이 유치원에 다니기 시작하면서 낮잠을 자지 않고 밤잠을 일찍 자게 되면서 밤에 내 시간이 조금 더 생겼고, 그 덕분에 이렇게 그간의 책 읽기와 쓰기에 관한 이야기를 묶어 책으로 내보고 싶다는 생각도 하게 되었다. 읽는 사람이 쓰는 사람이 되었고, 쓰는 사람이 한 권의 책을 만드는 용기까지 내보게 된 것이다. 그래서 요즘 나의 밤은 키친 테이블 독서, 그리고 글쓰기의 시간이 되었다. 내가 하루 중 가장 사랑하는 시간이다.

내가 책 읽기를 하면서 인생의 빛을 발견했던 것처럼, 다른 누군가에게도 나의 독서 이야기를 들려주고 싶다. 일 년에 수백 권의 책을 읽지는 못하더라도, 시간을 내서 내가 고른 책을 읽고 쓰는 과정을 통해 단단해진 경험을 누군가에게 나눠 주고 싶었다. 특히 나처럼 아이를 키우며 '갑자기 좁아진 세상'에 당혹스러워하며 답답함을 느끼는 엄마 사람에게 더더욱 이 경험이 마음을 다해 전해졌으면 하는 바람이다.

좋은 책들이 참 많이 있지만, 이 책을 읽는 독자분들과 나누고 싶은 책들을 골라 서평을 엮어보았다. 내 마음에 머물던 책들에 대한 글을 쓰며 책들을 다시 한번 만나게 되어 내심 반가웠고 오래도록 기억할 수 있을 것 같아 다행스러운 마음이 들었다. 각 장의 성격에 맞게 모으다 보니 '라인업'에 오르지 못한 책들도 많아 소개하지 못해 아쉬울 따름이다. 앞으로도 읽고 쓰기는 계속 이어질 것이기에, 다음을 기약해 본다.

책에 관한 책들을 좋아한다. 일상적인 이야기를 다루다가 자연스럽게 좋은 책들을 언급해 주어서 나에게 새로운 책들을 알려주는 책들도 좋아하고. 처음부터 책에 대한 책을 표방하고 있어 책에 관한 이야기를 자세하게 풀어주는 책도 좋아한다. 두 가지의 공통점은 모두 나에게 책을 통해 새로운 세계를 열어준다는 점이다. '키친 테이블 독서'는 굳이 고르자면 후자에 가깝다. 책 읽기에 대한 이야기, 그리고 좋은 책들에 대한 이야기로 이루어졌으니 말이다. 내가 그렇듯 이 책을 읽는 누군가도 내가 전해주는 책에 대한 이야기들을 좋아해 줬으면 좋겠다.

이 책을 통해 누군가에게 내 마음이 닿아 읽고 쓰는 기쁨을 그대로 전해줄 수 있다면 나에게 커다란 기쁨일 것이다. 힘든 일상으로 인해 절망의 늪에 빠진 누군가가 이 책을 읽은 후 자신만의 고요한 시간에 책을 읽으며 침묵할 수 있는 날을 맞이한다면 더없이 행복할 것 같다. 그 침묵의 시간은 그냥 흘러가는 시간이 아니며, 나의 그릇을 키우고 채워 나가는 시간이기에 아름답다.

"필요하다면 강에 다리 하나를 덜 놓고, 그래서 조금 돌아서 가는 일이 있더라도 그 비용으로 우리를 둘러싸고 있는 보다 어두운 무지의 심연 위에 구름다리 하나라도 놓도록 하자."(167p)

다시 〈월든〉의 문장이다. 우리가 하루를 마무리하고 침묵하며 만나는 그 책들이, 무지의 심연 위에 놓인 구름다리가 될 수 있기를 바라며 이 글을 마친다. 내가 지친 몸을 이끌고 다시 식탁에 앉아 책을 펼치는 작은 노력이, 나를 더 나은 나로 만들어주는 구름다리로 이끌어줄 것이다.

소개된 책들, 그리고 인용된 책들

소개된 책들

버트런드 러셀, 행복의 정복, 사회평론, 2005.
헤르만 헤세, 데미안, 열린책들, 2014.
헤르만 헤세, 수레바퀴 아래서, 민음사, 2001.
헨리 데이비드 소로우, 월든, 은행나무, 2011.
호프 자런, 랩걸, 알마, 2017.
김현경, 사람, 장소, 환대, 문학과 지성사, 2015.
이민진, 파친코, 문학사상 2018.
토드 로즈, 평균의 종말, 21세기 북스, 2021.
무라카미 하루키, 직업으로서의 소설가, 현대문학, 2016.
은유, 쓰기의 말들, 유유, 2016.

인용된 책들

장강명, 책 이게 뭐라고, 아르테, 2020.
이유미, 자기만의 (책)방, 드렁큰에디터, 2020.
도스토예프스키, 죄와 벌, 열린책들, 2009.
칼 세이건, 코스모스, 사이언스북스, 2006.
재레드 다이아몬드, 총, 균, 쇠, 문학사상, 2005.
최인훈, 광장, 문학과지성사, 2014.

무라카미 하루키, 달리기를 말할 때 내가 하고 싶은 이야기, 문학사상, 2009.

정약용, 유배지에서 보낸 편지, 창비, 2019.

가브리엘 가르시아 마르케스, 백 년의 고독, 민음사, 2000.

솔제니친, 이반 데니소비치, 수용소의 하루, 민음사, 2000.

클레이 키건, 이처럼 사소한 것들, 다산책방, 2023.

조세희, 난장이가 쏘아 올린 작은 공, 이성과 힘, 2000.

박완서, 모래알만 한 진실이라도, 세계사, 2021.

신영복, 감옥으로부터의 사색, 돌베개, 2018.

천종호, 내가 만난 소년에 대하여, 우리학교. 2021.

이지선, 지선아 사랑해, 이레, 2003.

폴 칼라니티, 숨결이 바람 될 때, 흐름출판, 2016.

미셸 자우너, H마트에서 울다, 문학동네, 2022.

백수린, 여름의 빌라-〈폭설〉, 문학동네, 2020.

김혜진 외, 땀흘리는 소설, 창비교육, 2019.

수전 손택, 타인의 고통, 이후, 2007.

박혜윤, 숲속의 자본주의자, 다산초당 2021.

은유, 은유의 글쓰기 상담소, 김영사, 2023.

인용된 시들

김춘수, 꽃

나태주, 풀꽃

키친 테이블 독서

초판인쇄	2024년 10월 29일
초판발행	2024년 11월 5일
지은이	조은혜
발행인	조현수 조용재
펴낸곳	도서출판 프로방스
기획	조용재
마케팅	최문섭
편집	이승득
디자인	호기심고양이
본사	경기도 파주시 광인사길 68. 201-4호
물류센터	경기도 파주시 산남동 693-1
전화	031-942-5364, 5366
팩스	031-942-5368
이메일	provence70@naver.com
등록번호	제2016-000126호
등록	2016년 06월 23일

정가 17,800원
ISBN 979-11-6480-368-2 03800